# CANÇÃO DA ESPERANÇA

“

Afinal, culpado de quê?
De amar da forma como amei?
De reverenciar a vida com
minha irreverência?

”

Cazuza
(espírito)

1ª edição | dezembro de 1995 | 7 reimpressões | 35 mil exemplares
2ª edição | fevereiro de 2002 | 3 reimpressões | 16 mil exemplares
3ª edição revista | agosto de 2014 | 6 mil exemplares



CASA DOS ESPÍRITOS EDITORA
Rua Floriano Peixoto, 438
Contagem | MG | 32140-580 | Brasil
Tel./Fax: +55 (31) 3304-8300
editora@casadosespiritos.com
casadosespiritos.com

EDIÇÃO, PREPARAÇÃO E NOTAS
Leonardo Möller

CAPA, PROJETO GRÁFICO E DIAGRAMAÇÃO
Andrei Polessi

FOTO DO AUTOR
Leonardo Möller

REVISÃO
Laura Martins

IMPRESSÃO E ACABAMENTO
EGB Gráfica

---

**Dados Internacionais de Catalogação na Publicação (CIP)**
(Câmara Brasileira do Livro, SP, Brasil)

---

Franklim (Espírito).
Canção da esperança : a transformação de um jovem que viveu com aids / pelo espírito Franklim ; [psicografado por] Robson Pinheiro. – 3. ed. rev. – Contagem, MG : Casa dos Espíritos Editora, 2014.

ISBN 978-85-99818-33-6

1. Espiritismo 2. Psicografia 3. Romance espírita
I. Pinheiro, Robson. II. Título.

14–08812 CDD–133.9

---

Índices para catálogo sistemático:
1. Romance espírita : Espiritismo 133.9

# ROBSON PINHEIRO

# CANÇÃO DA ESPERANÇA

*pelo espírito* FRANKLIM

A Casa dos Espíritos acredita na importância da edição ecologicamente consciente. Por isso mesmo, só utiliza papéis certificados pela Forest Stewardship Council® para impressão de suas obras. Essa certificação é a garantia de origem de uma matéria-prima florestal proveniente de manejo social, ambiental e economicamente adequado, resultando num papel produzido a partir de fontes responsáveis.

---



Nesta obra respeitou-se o Acordo Ortográfico da Língua Portuguesa (1990), ratificado em 2008.

QUERO AGRADECER àqueles que colaboraram para a realização deste projeto. A Laura Martins, um obrigado com letra maiúscula, pois este novo *Canção da esperança* já é o 37º livro meu que, em suas mãos, passa pela melhor revisão de que tenho notícia. Destaco o trabalho que a equipe da Casa dos Espíritos tem realizado, do tratamento vip dado aos textos dos Imortais ao esforço em matéria de divulgação. A todos, meu muito obrigado.

# SUMÁRIO

## Anexos

POR ROBSON PINHEIRO



AQUELE FOI para mim um dia especial. Nunca imaginei que iria conhecer alguém tão incomum quanto aquele rapaz de estatura mediana — mais ou menos 1,75m —, olhos e cabelos castanhos e uma persistência a toda prova quando se tratava de fazer contato com alguém. Assim foi que conheci Franklim, protagonista da história que você, leitor, conhecerá neste livro.

Tudo começou quando me dirigia ao meu consultório terapêutico, na Rua Carijós, no centro de Belo Horizonte. Tinha o costume de visitar uma banca de revistas na Praça Sete de Setembro, ponto nevrálgico do centro da capital mineira. A banca até poucos anos ainda estava situada em frente ao Cine Theatro Brasil.

Todos os dias eu ali passava exatamente às 8 horas da manhã e ficava lendo as notícias do jornal *Estado de Minas*. Afinal, ler os jornais pendurados nas bancas era mais barato...

Numa das manhãs de julho de 1995, ao redor da tal banca onde lia minhas notícias prediletas, fui abordado por um rapaz, que tentava estabelecendo um diálogo comigo:

— Bom dia! — falou efusivamente o estranho, à medida que se aproximava delicadamente e de maneira a demonstrar certa intimidade.



— Bom dia — respondo ríspido, afastando-me imediatamente para o outro lado, pois não desejava ser incomodado por ninguém em minha leitura gratuita do jornal diário.

Assim que contorno a banca, eis que o rapaz estava lá a me esperar, sorridente.

— Gosta de ler notícias também? — foi logo me perguntando.

— Sim, gosto de ler o jornal todos os dias *sem ser incomodado* — tornei a responder, embora permanecesse intrigado pelo fato de o rapaz insistir na aproximação e na tentativa de travar diálogo.

Sem mesmo terminar a leitura, deixei o moço ali plantado, ao lado da banca e dos jornais, e dirigi-me ao meu consultório.

O fato passou como algo normal naquele dia, e não mais me preocupei com o jovem que parecia interessado em estabelecer um diálogo comigo. Porém, no dia seguinte, à mesma hora, eu por lá passava novamente e outra vez fui abordado pelo rapaz estranho, que agora insistia em conversar comigo. Mas eu não queria ser incomodado. Fui então em busca do amigo Marcos Leão, que tinha uma banca de livros espíritas no outro lado da praça, contando a ele o ocorrido. Deu-me um conselho que tratei de seguir:

— Cuidado com quem você não conhece. A Praça Sete é frequentada por tanta gente estranha que creio ser melhor você evitar esse cara. Parece que ele insiste em falar com você... Veja bem com quem está se metendo!

Eu, desconfiado por natureza, resolvi evitar de maneira mais enfática a aproximação do desconhecido.

Durante mais cinco dias, todas as manhãs ele estava ali a minha espera. E eu, naturalmente, o repelia de maneira cada vez mais firme, pois queria a todo custo me ver livre do intruso, que dificultava minhas leituras diárias do jornal. No último dia, contudo, diante de minha negação em conversar com ele, o rapaz foi mais enfático do que eu:

— Se você não sentar ali — apontou para as escadas do Cine Brasil — eu irei ao seu consultório para conversar com você. Já sei onde você trabalha e não adianta me evitar.

Fiquei assustado diante de tamanha insistência e da possibilidade de ele ir até meu local de trabalho. Seria uma ameaça? Estaria ele mal intencionado? Muita coisa se passou em minha mente naquele momento.



— Sei inclusive onde você mora. E preciso tanto conversar com você que posso ir à sua casa, caso não queira conversar comigo por aqui.

Não tinha escapatória. Teria de ceder à sua vontade, pois, ao que parecia, o rapaz estava disposto a tudo. E eu não poderia correr o risco de ele aparecer em meu consultório, muito menos em minha casa. Não sabia e nem queria saber quem era ele e o que desejava de mim. Mas diante da insistência achei por bem ceder naquele momento, até encontrar um jeito de me livrar desse cara estranho.

Foi aí que ele me perguntou:

— Você é pai de santo? — Eu vestia uniforme branco, próprio do trabalho na área da saúde.

— De jeito nenhum — apelei com ele, cheio de preconceito. — Eu sou médium espírita. Espírita, viu? E a roupa branca é uniforme para o meu trabalho.

— Desculpe-me, Robson — replicou ele, que, para o meu espanto, já sabia até o meu nome! Meu Deus, o cara estava marcando em cima de mim. Parece que ele já sabia muita coisa a meu respeito, inclusive o nome...

Assim eu conheci aquele jovem implacável, que aos poucos foi me contando a sua história interessante.

Morou no Bairro Santa Tereza, tradicional em Belo Horizonte, e revelou-me os nomes de sua mãe, seu irmão, sua irmã e seu pai. Era alegre, muito alegre, e acabou conquistando-me a confiança, diante do otimismo que o distinguia.

Todos os dias, durante um mês, eu passava por ali, sempre apressado para ler o jornal, e o Franklim a minha espera, pronto para contar um pouco mais de suas aventuras na vida e de sua família, à qual era muito ligado. Fui conhecendo paulatinamente suas peripécias de jovem, até que, em determinado dia, o rapaz responsável pela banca me chamou, em meio a uma conversa calorosa com Franklim, com a seguinte indagação:

— Robson, você sabe que não tenho nada com sua vida, mas é que eu queria poder ajudá-lo, se você estiver passando por algum problema...



— Tudo bem, mas não estou com nenhum problema. A não ser a falta de dinheiro, tão comum ao povo brasileiro — respondi.

— E com sua mãe, sua família, tudo está bem? — insistiu o rapaz da banca.

— Tudo normal, apesar de minha mãe estar agora do outro lado da vida. É que ela morreu.

— Ah! Coitado! Meus sentimentos. Então é isso...

— Não! Você não entende. Ela morreu há alguns anos, e não precisa se preocupar com nada. Aliás, agora sou eu que não estou entendendo nada...

— Sabe o que é, Robson? Há mais de

um mês que vejo você conversando aí, em frente à banca...

— Ah! É com meu amigo Franklim... — interrompi. E ele continuou:

— Você conversa, conversa, e não vejo ninguém! Todo o mundo está pensando que você é louco.

Eu, apontando para o Franklim, a meu lado, disse-lhe:

— Este é o rapaz com quem venho conversando durante todo esse tempo. E o que isso tem de mais?

— É que não tem ninguém aí, Robson! Você fala, fala, gesticula e fica rindo por aí... Você sabe, as pessoas pensam que você perdeu a razão.



Nesse momento parei, olhei para o Franklim como que à procura de uma explicação, quando ele me disse:

— É que eu sou desencarnado...

— E você não me disse isso? Me fez de bobo esse tempo todo, e eu caí na sua conversa. Você é um obsessor! — eu o acusei, cheio de indignação.

— Mas você não me perguntou se eu era desencarnado. Assim, eu também não lhe disse nada... Estamos quites.

No meio dessa conversa com Franklim, o rapaz da banca de jornais intrometeu-se novamente, demonstrando mais preocupação comigo:

— Veja bem como você está... Agora mesmo está falando com nada, gesticulando feito doido.

Saí então, deixando o dono da banca para trás sem nada entender, assim como Franklim, que só agora me dava conta de ser um espírito.

Muitas vezes eu via espíritos, desde a minha infância e mais intensamente após os 17 anos de idade. As aparições geralmente não eram projetadas dentro de minha cabeça, como ocorre com muitos médiuns. Eu os via e ouvia como a outra pessoa qualquer. As visões e outras percepções eram externas, quase que palpáveis. Portanto, muitas vezes pensava estar falando com encarnados, enquanto, na verdade, era com um desencarnado que conversava. Somente mais tarde fiquei mais atento ao fenômeno, e muitas situações constrangedoras foram assim evitadas. Apenas as experiências do dia a dia foram capazes de produzir o amadurecimento necessário para o contato mais intenso com o plano extrafísico.

Dirigi-me ao consultório. Exatamente no cruzamento da Rua Carijós, onde ele se localizava, com a Rua Espírito Santo, a cerca de um quarteirão da banca de revistas, vi o espírito Alexandre Novaes, um amigo de longa data, saindo do prédio do antigo Banco Real (de dentro da parede, literalmente), caminhando em minha direção:

— Por que tanta pressa? Aonde você vai, correndo assim? — perguntou-me o espírito, com um ar de ironia.

— Imagine você que fui enganado durante um mês por um tal de Franklim, e vocês nem me avisaram que era um obsessor. Agora todo mundo me acha louco! — bufei.

Demonstrei minha indignação de maneira muito enfática, como se o espírito Alexandre Novaes fosse culpado por minhas peripécias.

— Espere aí, rapaz! — retorquiu Alexandre. — Você espera despistar um espírito assim, com essa correria toda? Por que não ouve o que ele tem a dizer? Assim você poderá julgar de maneira mais apropriada.

— Você então passou para o lado dele? É também um obsessor, agora? — acusei o espírito, dialogando com ele pelo pensamento, uma vez que eu conhecia Alexandre há muitos anos.

Segui apressado para o oitavo andar do prédio onde se localizava meu consultório. Não sei ao certo como cheguei lá em cima, se por elevador ou pelas escadas, tamanha a indignação que sentia em relação aos espíritos por aquilo que eu julgava ser errado. Estava moralmente arrasado com o fato de ter estado conversando durante um mês com Franklim e ele nem por isso me dizer que era desencarnado. Isso não era de se aguentar. Imagine todo mundo me vendo ali falando não se sabe com quem, rindo, gesticulando, quando ninguém além de mim via o tal espírito. Isso eu não poderia perdoar.



Quando abri a porta do consultório, eis que os vi, já me esperando. Agora eram dois: Franklim e Alexandre Novaes. Eu não poderia estar enganado: queriam me passar para trás. Foi Alexandre que primeiro falou:

— Que tal agora você se aquietar e nos ouvir um pouquinho só?

— Você então passou para o lado dele, tentando me enganar também?

— Bem, já que você é tão radical assim, que tal então seguir o conselho de Allan Kardec em *O livro dos médiuns* e primeiramente *ouvir* o que espírito tem a dizer, para então julgá-lo segundo o conteúdo de sua mensagem?

Alexandre soube tocar em minha ferida. Invocara o mestre Allan Kardec e seus escritos e sabia perfeitamente como eu buscava sempre a fidelidade irrestrita aos seus postulados.

Mas não sem reservas foi que cedi ao apelo de Alexandre:

— Está bem, então fale e seja breve, pois tenho muito que fazer; não posso ficar por aí dando ouvido a espíritos desocupados.

Os dois espíritos olharam um para o outro, e então Franklim começou a sua história — a parte que eu ainda desconhecia:

— Eu desencarnei vítima do HIV — disse-me o espírito. — Minha mãe e o restante da família ainda moram em Santa Tereza, e por isso uso o pseudônimo de Franklim (com "m" no final), a fim de evitar que alguém possa identificar-me. Procurei por vários médiuns com o objetivo de escrever a minha história. Nenhum deles, entretanto, teve coragem de me deixar ditar minhas memórias, pois temiam (imagine!) a contaminação com o HIV pela minha presença. Pensam que, pelo fato de eu haver desencarnado com aids, eles também poderiam contrair a doença, simplesmente com a minha aproximação. Outros dois médiuns ficaram tão assustados com a minha proposta de escrever um livro sobre esse assunto que me disseram que eu havia *escapado* do umbral. O lugar de alguém que desencarnou com aids é no umbral, segundo sua concepção. Imagine você que eles querem a todo custo me colocar num inferno criado pelos espíritas, só porque eu havia tido algumas experiências dolorosas que não correspondiam àquilo que muitos espíritas ortodoxos acham que é o mais acertado. Além disso, eu não era nenhum espírito famoso, que desse ibope para os médiuns.



"Desse modo, resolvi desistir de minhas intenções de ditar o livro e ir à cidade de Uberaba, no Triângulo Mineiro, para conhecer o médium Chico Xavier. Quem sabe — pensava eu, na minha ingenuidade — não poderia ser ele o médium através do qual eu escreveria o livro a respeito de minhas experiências com o HIV?

"Foi assim que, numa tarde de sábado, eu estava no Grupo Espírita da Prece, em Uberaba, juntamente com outros espíritos. Foi quando conheci seu amigo Alexandre Novaes, que também estava lá auxiliando nas tarefas espirituais. Muito prestativo, apresentou-me ao espírito Bezerra de Menezes, para que eu tentasse algo junto ao médium. Dr. Bezerra me falou que o médium não poderia atender ao meu desejo naquele momento, mas, se eu arranjasse um outro médium com o qual tivesse afinidade, ele mesmo, o Dr. Bezerra, poderia escrever o prefácio do livro, através do médium de Uberaba, a fim de me auxiliar no meu intento.

"Imagine como me senti naquele momento. Eu já havia procurado vários médiuns, e eles todos rejeitaram a minha proposta. Agora o Dr. Bezerra me pedia para arranjar outro médium... Isso parecia ser algo impossível. O Chico não poderia psicografar o livro, pois já havia tarefas definidas para o seu trabalho. Arranjar outro médium... eu não conseguiria.

"Alexandre Novaes então me incentivou, informando-me que conhecia um médium", disse Franklim, apontando para o espírito Alexandre, que se mantinha em silêncio. O tal médium que conhecia, segundo observara o novo amigo, não era lá grande coisa. Aliás, era um médium um tanto incomum, não muito obediente aos conselhos dos espíritos, rebelde por natureza, e talvez exatamente por isso fosse capaz de aceitar o convite para psicografar o livro.

Ouvi atentamente a história de Franklim até aquele ponto e então resolvi interferir na conversa:

— Por que vocês não procuram logo o tal médium para escrever o livro e me deixam trabalhar em paz?



Agora foi a vez de Alexandre Novaes interceder, enquanto Franklim apenas observava:

— E você não desconfia quem é o tal médium do qual falei para Franklim?

— Claro que não — respondi. — Veja lá se eu tenho a obrigação de conhecer outros médiuns... só me resta essa!

— É claro que só pode ser você — falou o espírito, esboçando um sorriso entre os dentes. — Quem mais poderia ter o perfil mencionado, a não ser você? — Alexandre sempre possuiu uma forma debochada de falar, uma irreverência muito bem-humorada, mas que naquele momento não me agradava em nada.

— Mas então, além de me ofender, você ainda deseja a minha cooperação? — redargui, com autêntica perplexidade.

Não posso dizer a você, caro leitor, o que se passou em minha cabeça naquele momento. Saí do consultório, dirigindo-me à banca de livros espíritas, para falar com o amigo Marcos Leão. Talvez ele me auxiliasse com alguma ideia.

Contei-lhe todo o conteúdo da conversa que tivera com Franklim e Alexandre. Marcos pensou um pouco, ajeitou os óculos de lentes grossas, que corrigiam sua miopia grave, conferindo-lhe um aspecto esquisito, e depois me falou:

— Por que você não experimenta deixar o espírito escrever e, à medida que ele ditar os capítulos do tal livro, a gente analisa de acordo com as instruções de Kardec?

— E se ele for um obsessor? O que farei?

Marcos, aficionado por temas relativos à obsessão, encheu-se de empolgação e continuou a me persuadir:

— Você só saberá isso após a leitura das mensagens! Aliás, você poderá levá-las a Uberaba e verificar com Chico Xavier sua opinião. Deixe o espírito escrever; depois a gente analisa...

Ficara assim definido que eu deixaria Franklim escrever alguma coisa para analisar seus escritos. Faríamos a leitura de *O Evangelho segundo o espiritismo* e me colocaria à disposição do espírito.

Minha mediunidade tem a característica de ser mecânica, ou seja, os movimentos do braço ocorrem involuntariamente durante o processo da psicografia, e tomo conhecimento do texto somente quando o leio. Por isso mesmo, e devido à minha curiosidade, psicografei o livro de Franklim com as luzes apagadas. De outra forma, certamente estabeleceria um debate mental, que, durante a escrita, seria de fato um empecilho para o espírito. Ainda por cima, esse fora um conselho do amigo espiritual José Grosso. Eu sempre perguntava muito, falava o tempo todo, questionando o espírito; com as luzes apagadas, pelo menos não poderia ler o que se esboçava sobre o papel. Concluída a psicografia, leria as mensagens, deixando assim Franklim mais à vontade para a escrita.

Dessa maneira, *Canção da esperança*

foi escrito — meu primeiro texto mediúnico que mereceria o título de *livro*. Aliás, sobre o nome da obra há episódios igualmente muito especiais.

Um ano e meio antes desses fatos eu havia recebido uma mensagem do espírito Cazuza, uma música intitulada *Canção da esperança*. Na época, jamais imaginaria que aquela letra integraria algum livro — muito menos imaginava que eu haveria de psicografar um livro algum dia. Até então, psicografara apenas mensagens esparsas, orientações espirituais e coisas semelhantes. Mas livros definitivamente não estavam nos meus planos.



Eu não conhecia, porém, os planos dos espíritos.

Após receber a letra que compunha a canção do espírito Cazuza, entreguei-a a um outro amigo, Rodrigo Almeida, para que pudesse guardá-la. E creio que a guardou tão bem que nem ele sabia mais onde estava a poesia mediúnica. Até aí, apenas mais um texto sem tanta importância desaparecido.

Meses se passaram. Após uma série de peripécias junto a Franklim, pude então seguir a sugestão inicial feita pelo amigo Marcos naquela longínqua manhã, em que me recebera na banca de livros espíritas. Dirigi-me a Uberaba, e, quando fui recebido por Chico Xavier, disse-me que havia uma mensagem psicografada por mim, presa numa gaveta. Na verdade, na terceira gaveta, contadas de cima para baixo, em uma determinada cômoda na casa de Rodrigo. A tal mensagem deveria ser adicionada ao livro ditado por Franklim, até então sem título.

Após a conversa, recebi a introdução do livro — Bezerra de Menezes a escreveu pelas mãos de Chico Xavier, como fora prometido ao espírito que quisera escrever suas memórias em Uberaba.



Resultado: Franklim não era nenhum obsessor, e tudo que me havia dito era a mais pura verdade, como Chico pudera atestar.

Quando voltei para Belo Horizonte, resolvi procurar Rodrigo imediatamente, a fim de encontrar a mensagem de Cazuza. Depois de lhe dizer onde ela estaria, dirigimo-nos a sua casa, na região de Venda Nova, na periferia da cidade. Qual foi nossa surpresa ao verificarmos, um tanto incrédulos, que, debaixo da terceira gaveta da velha cômoda, eis que surge a letra da música *Canção da esperança*. Exatamente no local indicado por Chico. Nem mesmo Rodrigo teria a feliz ideia de esconder a mensagem psicografada bem debaixo da gaveta, que deve ter escorregado e ficado presa no fundo.

O LIVRO FORA então impresso, e chegaram a nossas mãos os primeiros exemplares alguns dias antes do Natal de 1995, inviabilizando, portanto, qualquer evento de promoção e lançamento da obra naquele ano.

Adiamos o lançamento para os primeiros dias de 1996, quando eu faria uma palestra no Centro Cultural da Universidade Federal de Minas Gerais, dando a público a história de Franklim como uma autêntica canção de esperança.

Nessa época, a aids estava no auge, era tema de todas as notícias. Da mesma forma, o preconceito.

O livro foi um sucesso, ainda que com as limitações de nossa primeira experiência no campo editorial.

Ainda em 1996, Franklim resolveu me apresentar à sua mãe. Disse-me que ela estaria assistindo a uma palestra no Centro Espírita Oriente, um dos maiores e mais tradicionais da cidade. Deveria dirigir-me para lá, a fim de que ele me mostrasse quem foi sua mãe na última encarnação.

No dia marcado pelo espírito, lá estava eu no Centro Espírita Oriente, já acostumado a sair de casa para encontros agendados pelos espíritos. Sentei-me num dos bancos, esperando pelo Franklim. Não o vi.

Esperei algum tempo e pensei que era uma brincadeira do espírito. A reunião terminara, e nada de ele aparecer.

Todos saíam do centro espírita. Eu, sempre apressado, já estava do lado de fora quando avistei Franklim abraçado a uma senhora. Ele gritava para mim:



— Minha mãe, minha mãe! — bradava excitado, alegre. Os outros não o escutavam, mas era essa, ao menos, a minha percepção do seu pensamento.

Depois de muito titubear, resolvi abordar a mulher. Com muito jeito e após um diálogo mais ou menos longo, enchi-me de coragem e perguntei se ela tinha algum parente próximo desencarnado. Franklim, ao meu lado, dizia a todo momento:

— Fala logo para ela que estou aqui, fala logo! Eu já não lhe dei provas demais?

Sem responder-me diretamente, a mulher notou o meu jeito um tanto diferente e me perguntou:

— Está acontecendo alguma coisa com você?

— Desculpe-me — disse eu. — É que estou às voltas com um espírito que insiste para que eu fale algo para a senhora.

— Diga-me, meu filho — falou a mulher.

Resolvi então lhe dizer que um espírito amigo estava ao meu lado e pedia para que eu a abordasse. Ela perguntou-me se poderia saber o nome do espírito, e eu finalmente confessei que se tratava do Franklim, que escrevera um livro através de minha mediunidade. Naturalmente lhe disse o nome verdadeiro do espírito, e não o pseudônimo. Isso a fez se emocionar profundamente. Ela reconhecera o filho desencarnado.



Franklim enviou-lhe um recado ali mesmo, na esquina da Rua Aquiles Lobo, na Floresta, um bairro da região central. Ficamos amigos a partir de então. Conheci também a irmã de Franklim, Elizabeth, e mais tarde ofereci um exemplar do livro a ela.

O mais interessante foi quando Elizabeth ficou grávida — Franklim reencarnaria através da própria irmã. Eu passava em frente à maternidade, na região hospitalar de Belo Horizonte, quando a antiga mãe de Franklim saía do hospital. Avistando-me, gritou meu nome:

— Robson, Robson! Espere um pouco, o Franklim reencarnou! — ela já sabia de tudo. — Vou buscá-lo para você ver.

Esperei, naturalmente muito emocionado, pois era a primeira vez que teria nos braços uma criança que eu tinha certeza de ser a reencarnação de um espírito que escrevera através de mim.



Ela apareceu toda alegre com o filho (agora, netinho) nos braços:

— Veja, Robson, ele tem até mesmo a marca no bumbum! Parece que veio assim para ser identificado por nós.

Em outra ocasião ela havia me dito que Franklim tinha uma marca registrada, uma mancha marrom. Morrendo de curiosidade, perguntei, enfim:

— E a nova mãe, a Beth, ela sabe que é o Franklim que reencarnou através dela?

— Claro que não! Só nós dois sabemos. Vou ajudar a criar meu netinho e filho do coração com o mesmo amor que eu tive por ele. É o meu filho que retornou, Robson! É o meu filho...

E eu, segurando a criança nos braços, meio sem jeito, falei para o menino:

— Agora você vai ter de pagar todo aquele vexame que me fez passar na Praça Sete... A vida espera por você, meu amigo.

Entregando a criança para a vovó coruja, continuei meu caminho cheio de emoção, com as lágrimas descendo na face, agradecido a Deus pela bênção da reencarnação.

Mais tarde, o espírito José Grosso me esclareceria que Franklim reencarnado seria médium. Rezei por ele. E por todos os médiuns também.



Franklim agora é um belo garoto e está sendo brilhantemente educado por sua nova mãe.

Quanto a mim, prossigo meu caminho agradecido à vida, a Deus, por poder trazer a você, caro leitor, uma parte dessa história de vida, uma *canção da esperança* para aqueles que sofrem, uma luz para aqueles que esperam algo muito melhor, ultrapassados os sofrimentos enfrentados nesta vida.

Portanto, quando você passar em frente ao Cine Theatro Brasil, na Praça Sete de Setembro, em Belo Horizonte, capital das Minas Gerais, lembre-se de que ali começou a ser contada uma história cujo final está sendo construído nos braços de uma mãe e no seio de uma família. É a história de Franklim, que pode ser a de qualquer um nós.

Ao prosseguir agora, lendo as páginas deste livro, verá como esta história que registrei com muito amor e ternas lembranças dará mais sentido ao romance psicografado, que é verídico. Relançado com novo projeto gráfico e em edição revista pela Casa dos Espíritos, acrescentamos ainda uma entrevista com o espírito Cazuza, como uma espécie de homenagem aos autores e atores deste relato. Que a *Canção da esperança* marque sua vida como marcou a de cada um de nós envolvidos com este projeto.



Robson Pinheiro
Belo Horizonte, fevereiro de 2002.

# PREFÁCIO

*pelas mãos de*

Chico Xavier

## MEUS FILHOS,



*O autor destas páginas é agora trabalhador ativo da seara de nosso Mestre.*

*O irmão Franklim ama os humildes e é aquele mensageiro que desce de outras esferas para falar aos corações sofridos daqueles que, como ele, passaram ou passam pelas provas dolorosas que ora os visitam.*

*Levando sua mensagem simples aos sofredores, ele, como benfeitor, anima os caídos, consola os tristes, fala aos atormentados, lembrando o semeador que lança a mão cheia de sementes ao solo promissor.*

*Esta obra é dedicada a todos que estão necessitados do consolo e do amparo divinos, aos que buscam a esperança de uma vida nova, de um novo mundo.*

*Recomendamos esta obra a todos que buscam a simplicidade no ato de servir.*

Francisco Cândido Xavier
*pelo espírito Bezerra de Menezes*
Uberaba, 17 de abril de 1995.

## Nota à segunda edição revista
## [2002]



Desde a 1ª edição de *Canção da esperança*, em 1995, foi usada a palavra *aidético* para designar o portador de aids ou do vírus HIV. Sete anos após o lançamento do livro, essa designação foi substituída por outras, mais apropriadas, de acordo com a consciência que hoje temos do caráter discriminatório do termo *aidético*.

Segundo consta no Boletim da Rede Nacional de Direitos em HIV/Aids, "Falar, ou escrever, que alguém é aidético significa dizer que esta pessoa é a própria doença, que tem uma nova identidade relacionada ao HIV. Destitui-se o cidadão de seus direitos individuais, passando a ser visto como uma pessoa com a morte anunciada". Portanto, quando se diz que um indivíduo é *aidético*, afirma-se que ele é a própria doença; quando se diz que ele é *portador de aids*, a síndrome passa a ser vista como situação, não como a identidade da pessoa. A título de comparação, seria o mesmo que tratar de *canceroso* o doente *com* câncer ou de *leproso* aquele que possui hanseníase.

Para se referir ao indivíduo que vive com HIV ou aids, pode-se dizer *soropositivo*, *portador do vírus da aids*, *portador do* HIV, *pessoa vivendo com* HIV/*aids*, ou, então, *doente de aids*, nos casos em que a doença já se instalou.



Assim, mantivemos a palavra *aidético* apenas em duas passagens, para não descaracterizar o contexto preconceituoso em que a história se desenvolve.

A EDITORA

# Cap 1

*— É dolorosa a separação da alma e do corpo?*

*— Não; o corpo quase sempre sofre mais durante a vida do que no momento da morte; a alma nenhuma parte toma nisso. Os sofrimentos que algumas vezes se experimentam no instante da morte são um gozo para o Espírito, que vê chegar o termo do seu exílio.*

*O livro dos espíritos*, item 154[1]

[1] KARDEC, Allan. *O livro dos espíritos*. 1ª ed. esp. Rio de Janeiro: FEB, 2005. p. 149-150.

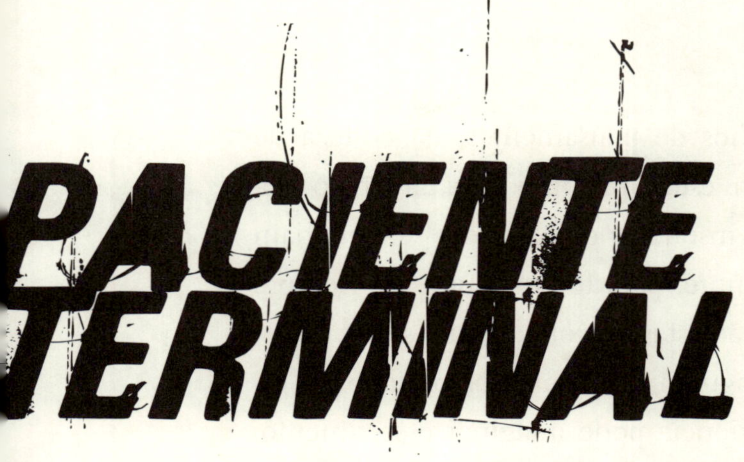


**"Tinha medo de que pensassem que estava ficando louco."**



SOLIDÃO. O vazio de um coração que muito ama e amou. A dor de se ver sozinho, afastado dos amigos, da própria família, daqueles que lhe são queridos, talvez seja a dor maior. Não pela simples ausência dos nossos afetos, mas por saber que muitos se afastaram por medo ou por preconceito, gerado pela desinformação, pela ignorância.

Naquela manhã, observava, do meu leito, os raios dourados do sol, filtrados através dos vidros da janela da enfermaria onde me encontrava.

Meu corpo era um mundo em conflito. Atormentado pelas recordações do passado recente, revolvia-me em meio a verdadeiros torvelinhos de pensamentos, na certeza de que o fim estava próximo. Não tardaria o momento em que os olhos físicos se fechariam para sempre, para todos e tudo que sempre amei. Não estava revoltado, mas sofria.

Ninguém que não tenha passado por esta experiência pode imaginar o sofrimento, a dor e a angústia de um portador de aids ao se ver projetado em meio a este caudal de experiências que bombardeiam a cada instante o espírito cansado e infeliz.

Onde, os amigos? Onde, a família? Onde, os colegas e os companheiros de divertimento? Essas perguntas calavam-se diante do sofrimento, da reclusão naquele leito de hospital, da solidão, do vazio...



As lembranças da família eram como vendaval de fogo que queimava o meu cérebro, ameaçando levar-me à loucura. As dores físicas constantes, a prostração, os desequilíbrios orgânicos eram nada, comparados à terrível certeza do meu fim próximo e à incerteza do meu futuro.

Como um barco que teima em permanecer firme, embora os vendavais e as vagas do alto mar, as energias da minha mente projetavam a imagem sublime da minha mãe.

Ah! A minha mãe. Apesar da solidão sofrida, a lembrança do olhar e da voz da minha querida mãe era como as estrelas a me guiar para um mundo distante. Nestes anos todos foi uma das que me auxiliou sem nada perguntar, sem questionar, sem medos ou preconceitos.

Dona Anita, a âncora em que me apegava naquele momento. Embora as dores e os sofrimentos, a sua lembrança acompanhava-me a cada instante.

Em meu corpo forças descomunais combatiam entre si. O campo de batalha? Todo o organismo. O batalhão? O temível destruidor HIV. A destruição só não era completa, porque, embora já abalado pela doença, um sopro de vida animava-me o corpo físico, quem sabe na esperança não concretizada da descoberta da cura. Era uma possibilidade a pensar, embora tendo sido descartada de imediato.



Com apenas 20 anos de idade, encontrava-me naquele estado lastimável, em que não era considerado mais como um homem, mas um ser qualquer, proscrito da sociedade, devido aos preconceitos e desinformações. Não havia, como agora, tantos dados a respeito.

A febre alta provocava a sede insaciável, e faltavam enfermeiras para socorrer. Meu peito arfava, e a língua ressequida parecia presa ao céu da boca, dando a impressão de inchar, por causa da sede. Muitas e muitas vezes tentei gritar, para chamar a atenção das enfermeiras ou serviçais que ali trabalhavam. Não conseguia pronunciar palavras inteligíveis, pois faltavam-me forças para tanto. Em outras ocasiões, quando estava melhor, articulava frases, ensaiava algum sorriso, mas as pessoas ou familiares que me visitavam afastavam-se de imediato, pois, com a aparência física que mostrava, qualquer sorriso parecia uma careta ou máscara horripilante.



Muitos se assustavam diante da resistência do meu corpo. Outros, naquelas condições ou ainda por menos, já teriam partido para a outra vida, como falavam. Os comentários que enfermeiras e outros trabalhadores faziam eram dolorosos de ouvir. Muitos pensam que, quando se está na situação em que me encontrava, perde-se a capacidade de raciocinar, de sentir, de amar. Enganam-se. Com a resistência física abalada, diminuída ao máximo, nossos sentidos, sentimentos e sensibilidades aumentam imensamente, e aí vem o verdadeiro sofrimento, não o físico, mas o moral, que corrói as últimas resistências do espírito. Faltando-nos bases morais, essa situação pode levar-nos à loucura.

Os comentários que eu e meus companheiros de enfermaria ouvíamos a nosso respeito trespassavam-nos o coração já sofrido, como flechas de fogo, queimando-nos as últimas reservas de energias morais.

As lágrimas desciam abundantes, lavando a intimidade de meu espírito, escoando os últimos resíduos mórbidos que se haviam acumulado em meu íntimo. A sensibilidade aumentara estranhamente. Quando alguma enfermeira se aproximava com mais atenção que o normal, sentia de imediato. Era como se houvesse uma comunicação através do sentimento. Todos os sentidos afloravam.



As palavras, o sorriso, a maneira como nos pegavam para virar no leito ou para a higiene marcavam-nos sobremaneira e aumentavam o nosso sofrimento ao máximo, parecendo-nos estar sendo sufocados por alguma força misteriosa. Com a sensibilidade aumentada, as emoções estranhamente afloradas, cada palavra ou gesto provoca um acúmulo de sensações, de tal forma que superava muito as sensações normais. Talvez devido ao estado de saúde, por ser um paciente terminal, psicologicamente abalado, fica-se mais sensível a tudo e a todos, e é quando mais se precisa de apoio e carinho.

Muitos cuidam de amparar os portadores de aids doando-lhes medicamentos e orientação psicológica, mas, nestes momentos, quando a doença se estabelece definitiva e destruidora, ele precisa também de calor humano, de carinho e afeto não fingidos, de orientação espiritual segura, pois todos os doentes de aids, embora tenham a esperança de que se descubra uma vacina contra o vírus, sabem que caminham a passos largos para a morte, com uma grande incerteza do futuro e insegurança quanto à continuidade da vida.[2]



[2] Afirmativas como as da segunda metade desta última frase não correspondem à realidade, sobretudo nos dias atuais. Isto é, os doentes de aids não caminham, necessariamente, "a passos largos para a morte". Contudo, era esse o cenário à época em que o autor contraiu o vírus HIV, e, particularmente neste ponto da narrativa, é a esse momento que ele se reporta, descrevendo sua sensação. Em razão disso é que o texto, tal como está, torna-se pertinente.

desfazíamos em lágrimas, não de revolta, mas de uma saudade, de um sentimento que nos invadia naqueles momentos de ternas efusões. Beth esforçava-se para evitar as lágrimas e começava a conversar com outros internos.

Os amigos de outrora, de bares e noitadas, haviam de há muito nos abandonado. E, quando a família retirava-se para casa, após as visitas, ficava em minha memória, gravado para sempre, o olhar sofrido de nossa querida mãezinha, como dois pontos de luz, duas estrelas silenciosas que nos falavam, com palavras inarticuladas, de Deus, de esperança e de fé.



Certa vez, no meio da noite, com febre alta, com uma sede que me martirizava, tentava levantar-me do leito hospitalar quando fui amparado por um senhor, que me pareceu um médico, pois vestia-se com o uniforme da classe. Convidou-me a sair para conversar e me apresentar a alguns amigos. Pela impropriedade da hora, que ia já pelas duas da madrugada, e o meu estado já avançado de enfermidade, retruquei:

— Mal consigo me deslocar, doutor. Sair da enfermaria torna-se um tormento para mim. Não convém que eu ande muito, quero apenas água para saciar a sede.

Estranhamente, o médico me fitou com um olhar profundo, que me desconcertou, e apontou em direção à porta.

— Veja, sua mãe está aqui também, ela ajudará a conduzir você; experimente e verá do quanto é capaz...

Eu agora é que estava estranho. Repentinamente me sentia mais leve, à medida que minha mãe se aproximava. Sentia-me mais forte, com mais energia, e a saúde parecia haver retornado. Andamos os três em direção ao corredor que nos conduzia para fora do hospital. Não conseguia compreender direito a repentina melhora e mais intrigado ainda fiquei por estar acontecendo isso de madrugada. Minha mãe segurava-me o braço, quando o médico foi ao encontro de três rapazes que estavam do lado de fora do hospital, debaixo de uma árvore, e então nos apresentou:



— Franklim, estes são amigos que doravante o ajudarão muito. Estarão ao seu lado para qualquer eventualidade — falou o médico.

Gostei muito do aspecto dos três, mas continuava achando tudo aquilo muito estranho. Minha mãe tentou explicar-me algo, mas naquele momento não conseguia apreender o que me tentava transmitir.

— Sabe, meu filho — dizia-me ela — você não deve se preocupar muito. Estamos preparando-o para que seja transferido para outro local, onde, com o tratamento especializado, alcançará melhoras de sua saúde. Por enquanto, todos nós que o amamos muito e juntos sofremos com sua enfermidade o auxiliaremos todas as noites.

— Como posso sair do hospital a estas horas? — perguntei à minha mãe. — Agora é hora de repouso, e todos os doentes estão dormindo. Permitirão que eu saia à noite?

— Claro, Franklim — respondeu-me o doutor. — Aqui nós não podemos burlar a segurança; só o fazemos porque temos autorização superior. Fique tranquilo.

Ainda um pouco transtornado quanto ao que acontecia comigo, pois fugia completamente à rotina, despedi-me dos novos amigos e retornei ao leito, esquecendo-me da sede que me acometera devido à febre alta. Estranho também é que a febre passara enquanto conversava com o médico, minha mãe e os amigos. Naquela ocasião não ficou bem claro para mim o que fariam ou que espécie de ajuda me trariam os três rapazes. Seriam enfermeiros? Ou seriam visitantes? Não ficou muito explicado. O certo é que, por várias vezes, durante as noites seguintes, nos encontrávamos. Só mais tarde, sempre desconfiado, pude perceber que eram amigos espirituais de minha mãe, que rogava recursos para mim e, desdobrada, acompanhava-me. Essas experiências sucederam-se várias vezes. Alcancei certa melhora, recuperando-me e podendo voltar para casa.



O ambiente de casa era verdadeiramente acolhedor, mas a dor da certeza de que em breve deixaria tudo que eu mais amava castigava-me o íntimo.

Tentei esconder da família o verdadeiro motivo pelo qual contraíra o vírus HIV, dizendo a todos que fizera uma transfusão de sangue, para ajudar determinado amigo, que estava internado, e assim contraíra o vírus.

Evitava-se tocar no assunto, dando-se por encerrada a conversa em torno disso. Minha mãe, no entanto, desconfiando de algo mais, falava-me:

— Meu filho, as mães parecem dotadas por Deus de um sentido especial; sempre sabem tudo sobre os filhos amados. Quanto mais procuram esconder algo de uma mãe, mais fácil se torna perceber as coisas. Observamos tudo, um brilho diferente no olhar, a expressão de um sorriso, um gesto que escapa ao desatento, tudo isso nos fala ao coração.

Nesses momentos, enquanto ela me falava, me sentia incomodado, envergonhado, e ela continuava...

— Claro que são outros os motivos que o levaram a escolher essa explicação para nós, mas não queremos explicações, não é hora disso, meu filho; a hora é de procurar soluções, e essas soluções só são encontradas através da fé, da prece, de tudo que nos eleva ao Pai.

Aí, ela silenciava, e o meu sofrimento era maior, pois sabia que a minha mãe sofria junto comigo, e, em sua dor, silenciosa e triste, carregava o meu fardo em seus ombros. Só mais tarde pude saber que consigo levava fardos de sofrimento de toda a nossa família.

Nesses dias, nunca recebi a visita dos antigos companheiros de diversão. Recebia a visita periódica de amigos que conhecera na Mocidade Espírita, da qual participara algumas vezes. Estes, sim, visitavam-me, conversavam e faziam certa graça, tentando me divertir. Em casa, no entanto, nem tudo era dessa forma, tão tranquila e serena. As dificuldades financeiras eram muitas, e principalmente meu pai e meu irmão raramente conversavam comigo. Este último evitava-me sobremodo, e em apenas 15 dias o clima de tensão estava estabelecido novamente, apenas amenizado pela interferência de Beth e de mamãe.

A falta de remédio e as visitas periódicas ao hospital levaram-nos a entrar em contato com certo grupo que apoiava e orientava casos como o meu. Após esse contato inicial, as crises retornaram, juntamente com a rejeição por parte de meu irmão e o silêncio do meu pai. Comentaram que iriam contratar uma enfermeira para tomar conta de mim, mas a escassez de recursos tornava impossível o projeto.



As frases duras de certos familiares curiosos e suas atitudes feriam-me muito mais que as próprias crises que periodicamente me acometiam, mantendo-me acamado. Alguns, olhando-me de longe, tinham medo de se aproximar e ser contaminados; alguém mais chegava a falar da vergonha de se ter um "aidético" na própria família, enquanto meu irmão, que continuo amando intensamente, muito me ajudou com suas palavras, que, embora rudes e até mesmo agressivas, proporcionaram-me momentos de reflexão, que muita utilidade tiveram em relação ao meu estado atual. Aprendi muito com a dor e o sofrimento, mas, com certeza, também fiz meus familiares sofrerem com a minha situação. Tão cedo não poderei resgatar a dívida de gratidão que tenho para com todos eles.

As tormentas morais pelas quais passei fizeram com que valorizasse cada vez mais a minha vida, e agarrava-me a todas as esperanças de poder prolongá-la. Lutas cada vez mais intensas se desdobravam dentro de mim. De um lado, o fator HIV, que me devorava todas as células, todas as resistências; do outro, as próprias dificuldades morais, que, nesses momentos, ressurgiam em minha intimidade, dolorosas e agressivas, pois ameaçavam-me a própria existência. Meu espírito, vítima de mim mesmo, balançava-se entre forças destruidoras: as forças do caos que teimavam em se estabelecer, destruindo-me não apenas a resistência biológica, mas também a psicológica e a espiritual.

Na verdade, não sei qual a situação mais difícil: se o caos orgânico com suas crises, pneumonias, diarreias e febres ou esse vulcão que se tornara meu íntimo, com as lembranças do passado, desejos dificilmente contidos e angústias que me torturavam constantemente e que eram duramente reprimidas. Se houver um inferno, é isso. E a minha vida balançava entre esse vendaval de dificuldades íntimas e o de sequelas físicas, provocadas pela ação nefasta do temível inimigo HIV.

O pior de tudo, o que mais me causava angústia e desespero ante a incerteza do meu futuro é que sabia que eu era o único culpado de estar passando por essa experiência.



Lembro-me dos conselhos sábios de um amigo que conheci na Mocidade:

— Cuidado, Franklim, às vezes é preferível sermos classificados de caretas, preservando-nos de possíveis problemas, do que nos excedermos nos arroubos da nossa juventude e depois mergulharmos em poços de lágrimas tardias...

As lembranças dos estudos da Mocidade Espírita, das palestras ouvidas, das conversas com companheiros produziram em meu espírito um estado profundo de melancolia, levando-me realmente à depressão.

Era nas noites de segunda-feira que eu alcançava mais tranquilidade, quando minha mãe, Beth e eu nos reuníamos para conversar, depois que líamos trechos do Evangelho. Era também o momento em que mais ficava envergonhado, pois sentia-me devassado por olhares invisíveis, como se me sondassem o íntimo, cada célula, cada órgão. Após nossas conversas, que passaram a ser realizadas em meu quarto, sentia-me mais tranquilo, mais sereno. Mas, no dia seguinte, ou logo após deitar-me, os fantasmas do remorso ameaçavam tirar a minha tranquilidade.



Muitas vezes sentia vultos que me espreitavam, e vozes que não compreendia direito faziam-se ouvir por mim. Eu evitava comentar qualquer coisa com mamãe ou Beth; tinha medo de que pensassem que estava ficando louco. Se assim fosse, o sofrimento delas seria bem maior. E se eu realmente estivesse louco? Quem sabe a aids levasse ao delírio, à loucura, e os vultos que eu via ou as vozes que ouvia seriam já o produto de uma desordem psicológica? Jamais pensei que fossem espíritos. Embora tenha participado de reuniões de Mocidade Espírita, ouvido estudos e palestras, sequer imaginei que estava sensível aos habitantes do mundo invisível. Para mim, era tudo alucinação, que eu queria, a todo custo, esconder da família. Menos problemas para eles.

As coisas começaram a complicar ainda mais quando a família começou a ser vítima de comentários de alguns vizinhos. Meu irmão passou a ser discriminado pelos amigos, pois a notícia de minha enfermidade escapara e se espalhara de boca em boca. Os comentários sucediam-se, e o mano não resistiu à pressão e às "observações caridosas" das pessoas. Explodiu em indignação, e todas as emoções reprimidas vieram à tona, tornando difícil a convivência, que já não era tão tranquila.



— Não sei mais o que fazer — comentava minha mãe com a Beth. — Seu pai está revoltado com a vida, mas consegue suportar, com coragem, a provação que visita nossa família. Seu irmão, no entanto, despreparado que se encontra para lutas mais difíceis, entrega-se à revolta declarada, e custa-me conter-lhe as explosões de desequilíbrio, evitando com dificuldade que aumente os sofrimentos do nosso Frank.

— Vamos rezar, mamãe — falava Elizabeth. — Se Deus quiser, teremos forças para ir até o fim em nossa luta. Na verdade, Deus nos ampara através de seus mensageiros. Façamos o seguinte: além de mãe e filha, seremos nós duas grandes amigas; sempre conversaremos, amparando-nos uma à outra e ambas nos entregando aos emissários de Jesus. Com certeza saberemos conduzir esta situação.

Via quando as duas, abraçadas no quarto, conversavam baixo, tentando não atrapalhar o sono a que eu fingia me entregar. As lágrimas de mamãe rolavam copiosas, acompanhadas das lágrimas de Beth.



Essas cenas eram constantes e aumentavam ainda mais o meu sofrimento íntimo, paralelamente ao agravamento do meu estado de saúde. Psicologicamente estava arrasado. Das lembranças de minha infância e juventude, o que mais bem me causava eram as memórias gravadas no imo de minha alma, memórias dos momentos em que minha mãe me ensinava a rezar:

— Ave, Maria... — dizia mamãe.

— Ave, Maria... — repetia gaguejante.

Os graves momentos vividos por minha família e meu estado de saúde cada vez mais delicado impulsionaram-me, de vez, a estados depressivos a cada dia mais profundos. A solidão, sentia-a no verdadeiro sentido da palavra. Eu a vivi plenamente. Eu a senti intensamente.

Não se pode imaginar quanto um gesto, uma palavra, um afago podem ser o céu, o paraíso para alguém que passa por essa provação. O calor humano, o olhar amigo, uma prece sentida são capazes de nos tirar do abismo do remorso, da solidão, da depressão, aumentando a esperança na vida. Ainda agora, que relembro momentos únicos, vividos na carne, minha voz fica embargada, e atropelo meus pensamentos.



Com o estado psicológico alterado, em depressão, emocionalmente desestruturado, vítima de mim mesmo, dos meus próprios desequilíbrios de outrora, as últimas barreiras foram vencidas para que a doença destruidora terminasse o que começara. Febre altíssima acometeu-me, e a diarreia estabeleceu-se quase constante. Vomitava aos borbotões e parecia expelir sangue juntamente com detritos de alimentos ingeridos; o caos se estabeleceu em meu corpo físico. Um estado de prostração sucedia essas crises, e, enquanto ouvia o pranto de mamãe e de Beth, meu pai e meu irmão, agora visivelmente abalados, completamente transtornados, arrumavam-se às pressas para me levar ao hospital. Morávamos em bairro próximo ao centro de Belo Horizonte, e o hospital situava-se do outro lado da cidade. Ouvi ainda quando, falando apressado, meu mano querido sugeriu que me levassem a outro hospital, na região central. Assim se procedeu. Minha mãe, que estava para nos acompanhar, juntamente com Beth, minha adorável irmãzinha e companheira, entrou numa crise de choro, descontrolando-se ao ver-me, trapo humano, nos braços do mano também em prantos.



— Aguente firme, meu irmão — falava o mano Irineu.

— Nós vamos conseguir chegar a tempo. E embargou sua voz, em meio aos soluços e ao desespero de mamãe. Os vizinhos acudiram logo, auxiliando minha mãe e minha irmã, levando-as para dentro do quarto.

O mano, parado na porta, levando-me ao colo, desabafou:

— Meu Deus, meu Jesus, dou a minha

vida pelo Frank; socorra-nos, meu Deus!

Em meio ao caos, pude ver pela última vez, com os olhos físicos, a face sofrida de minhas queridas mãe e irmã. Apenas me lembro vagamente que, em meio ao desespero de meu irmão e de meu pai, ao deixarem romper todas as barreiras que tinham até então, fui conduzido ao hospital, na tentativa de se fazer algo para preservar-me a vida.

Já me sentia como se pairasse entre um e outro lado da vida, sem, contudo, poder coordenar os pensamentos. Não conseguia raciocinar direito sobre a realidade da vida. Era o começo de uma nova etapa, sem dor, sem sofrimento.

*— A lembrança da existência corporal se apresenta ao Espírito, completa e inopinadamente, após a morte?*

*— Não; vem-lhe pouco a pouco, qual imagem que surge gradualmente de névoa, à medida que nela fixa ele a sua atenção.*

*O livro dos espíritos*, item 305[3]

[3] KARDEC. *O livro dos espíritos*. Op. cit. p. 235.

# LEMBRANÇAS DO PASSADO

**"Era jogado de um lado para outro por forças poderosas como as folhas secas em meio a um vendaval."**

QUANDO ME VI definitivamente fora do corpo, consegui coordenar por pouco tempo as ideias, mas o pavor do desconhecido dominava-me sobremaneira. As lições que ouvira, nas poucas vezes que comparecera à Mocidade ou que participara do culto no lar, não estavam suficientemente enraizadas em minha alma, portanto não proporcionavam a segurança necessária para aquele momento. Estava suspenso acima do leito que abrigava o meu corpo; ouvia, num misto de pavor e estranhas sensações, as conversas:

— O rapaz está no estágio final — dizia o médico. — Nada podemos fazer para salvar-lhe a vida.

— Para sofrer tanto assim, com certeza abusou muito da juventude — falava a enfermeira. — Até que resistiu além do tempo.

— Como você sabe que ele resistiu com a enfermidade tanto tempo assim? — perguntou o auxiliar.

— Basta ver o estado em que se encontra; veja-lhe o corpo; está acabado, não sei como resiste ainda. É incrível... — tornou a falar a enfermeira.

— É melhor deixá-lo morrer de uma vez, será melhor para ele e para a família. É uma desgraça ter um filho que contrai aids, uma vergonha para o pai — dizia o médico. — É o fim, o fim.



Essas palavras me pegaram em cheio, pois ouvia tudo com nitidez. Daí, um estranho torpor invadiu-me o espírito, e tive a sensação de ficar rodopiando. Sentindo-me cada vez mais tonto, cheguei a divisar três vultos que se aproximavam de mim, sem, contudo, poder reter na memória a identidade de cada um. Via-me arrastado literalmente para a minha casa, onde me pareceu ouvir a voz de minha mãe e de Beth, a mana querida, o que me dava certa tranquilidade ao espírito atordoado.

Não consegui manter a calma por muito tempo, e uma onda de desespero invadiu-me de chofre, enquanto desandei em pranto convulsivo. Ouvi vozes ao meu redor, e os vultos novamente retornaram.

— Calma, tranquilize-se — parecia ouvir em meio à minha impressão de sentimentos.

— Somos amigos — insistiu uma voz que não se identificara.

Mas para se que identificar? Era tamanho o meu desespero que não estabeleci a calma necessária para ser socorrido. Juntei as últimas reservas de força que tinha e, como tresloucado, comecei a gritar:

— Socorro, tem defunto aqui, me salvem, é fantasma, desencarnado. Socorro! Eu não estou morto...

Se eu houvesse estudado as lições evangélicas, conforme ensinavam na Mocidade, ou quando participava do culto com mamãe e Beth, talvez não me encontrasse nessa situação lamentável. Foi no momento do meu desencarne que mais falta me fez o conhecimento espírita, cristão. Só que nessa hora eu não pensava assim; na realidade eu nem mesmo raciocinava direito. E, de angústia em angústia, de desespero em desespero, era jogado de um lado para outro por forças poderosas, como as folhas secas em meio a um vendaval. Não me lembrei de orar. E não acreditava que estava desencarnado. Impermeabilizei-me ao auxílio superior e resvalei para regiões sombrias e pantanosas. Minha mente funcionava como poderoso projetor que emitia imagens da minha própria vida, mas em sentido contrário.

Resvalava para as profundezas de mim mesmo. Naquele momento, minha individualidade era a soma de meus atos, a fusão de minhas experiências.



Como não dei campo à intervenção do Mundo Maior, que vinha auxiliar-me no momento do desencarne, as lembranças dos meus atos, de minha vida eram como chamas que queimavam a consciência, em profundo remorso e tardio arrependimento...

Um turbilhão de pensamentos emergiu de mim mesmo, ameaçando-me a razão. O medo do nada já não me atormentava, porém a incerteza do futuro, ante as lembranças do meu passado, aumentava ainda mais o meu afastamento das regiões abençoadas, onde eu poderia ser mais prestamente socorrido.

Mergulhado nessas sensações indizíveis,

afigurou-se-me que estava preso por fortes cadeias a um passado que teimava em perseguir-me; estava preso entre as lembranças de minha própria vida...

É assustador o poder que a mente possui de reter cada ato, cada palavra, cada pensamento que emitimos; assemelha-se a uma fita magnética de extrema sensibilidade, onde são indelevelmente gravados todos os pormenores de nossa existência.

Não encontrei deste lado nenhum tribunal, nem juízes ou jurados a ameaçarem-me, condenando-me. Tampouco vi o temível inferno ou o demônio com a sua corte, esperando-me para alimentar as chamas da geena. Mas ai de mim! Não pude fugir de mim mesmo, de minha consciência culpada. Da dor e da vergonha de ser, eu mesmo, o protagonista desta história que se estampava nas telas mentais de meu espírito.

Imóvel, como se estivesse paralisado por alguma força sobre-humana, revia minhas experiências...

— Frank! Frank! Ande depressa, estamos atrasados. Até parece que nunca foi a uma boate em sua vida — falava exaltado meu amigo Miguel.

— Já vou, também não precisa me apressar tanto, a boate só abre à meia-noite. Hoje estou a fim de me divertir — respondi, já exaltado.

Era sábado, e nos produzíamos para uma noitada daquelas. Muita diversão, muita música e bebidas e uma noite que prometia bastante...

As cenas se passavam uma a uma, em etapas, ora se fixando num ponto determinado, por algum tempo, ora transcorrendo indefinidamente em minha tela mental. E eu, como espectador de mim mesmo...



— Hoje nem quero saber desse negócio de rezar, de estudar, desse ar de seriedade — ouvia a mim mesmo em nova cena.

— Isso mesmo, meu caro — falava-me Euzébio. — Vamos lá pra casa, quero lhe ensinar em uma outra cartilha, um á-bê-cê diferente. Eu mesmo, às vezes, fico cheio de tantas reuniões no centro espírita: é Mocidade daqui, é palestra dali, é trabalho de lá... Já estou meio cheio. Você, na verdade, tem pouco tempo que vai lá na casa, mas eu, há anos, na mesma rotina; ainda bem que dou as minhas escapadas; afinal, eu tenho que aproveitar a minha juventude...

Cada lance da minha vida era revisto em detalhes mínimos, e presenciá-los apavorava-me. O fantástico poder da mente de registrar todas as impressões, todos os fatos, é verdadeiramente assustador.

Vi novamente, e em cores vivas, os quadros que compunham o grande drama de mim mesmo, de minha existência física, que acabara de findar. Por qual prodigioso mecanismo da memória extrafísica eu revia aquilo tudo, não sabia naquele momento, mas o fato acontecia nos recônditos escaninhos de minha alma.



Recordava-me dos momentos de divertimento com os colegas, dos excessos e abusos do prazer sexual, quando, esquecendo-me das obrigações mais simples da vida, ou das responsabilidades para comigo mesmo, entregava-me aos momentos de euforia dos sentidos, pelos quais tão alto preço paguei através do sofrimento e da dor que me fizeram acordar para a realidade maior.

Igualmente presenciei os momentos de paz e de tranquilidade, na companhia de Dona Anita, minha mãezinha querida, quando ouvia seus conselhos e sugestões sempre oportunas, os quais, saudoso, relembro neste momento.

São as mães os anjos de Deus, anjos de sofrimento e amor, que se doam incessantemente em benefício dos filhos que lhes são confiados. Só quando as perdemos é que aquilatamos o valor de sua presença, de suas palavras, de seus conselhos, os quais, agora, julgo prudentes e sábios. Revendo a vida familiar naqueles momentos pós-desencarne, o coração dolorido e saudoso, embora não compreendesse totalmente o que me ocorria, mas sentindo tudo em cada fibra de minha alma, sabia intimamente que uma grande mudança se operava em minha vida. Envergonhei-me de não haver correspondido às expectativas dos velhos (assim chamava papai e mamãe na intimidade), como filho tão almejado que fora.



Revivi nitidamente as vezes em que mentia, enganando meus pais, dizendo que iria para a casa de algum amigo estudar, e dava as escapulidas para desandar nas festas, nos bares e casas de *shows*, onde o império decadente dos sentidos alcançava o auge da irresponsabilidade.

Quando estamos sofrendo sobre o leito de dor, ninguém imagina realmente quanto fizemos por merecer. Todos se sentem condoídos e inclinados a gestos de fraternidade, mas aquele que sofre — calado muitas vezes, ou revoltado, outras — sabe exatamente qual foi o seu erro, qual queda provocou o sofrimento. É nesses momentos de angústia que a meditação e a prece produzem um estado benéfico, durante o qual suaves claridades amenizam as dores das provas acerbas.

Muitos, no entanto, desejam a cura, esperam a melhora do organismo fisiológico, no desejo de retornar aos mesmos vícios e desequilíbrios que o levaram àquela situação. Funciona a enfermidade, nesse caso, como contenção dos desequilíbrios da alma, como impedimento para quedas morais mais intensas.



Quando se reveem os atos de uma existência que se finda, através desse potencial da memória espiritual, encontramo-nos em situação delicada, pois tanto as emoções quanto os sentimentos são revividos igualmente, até se esgotar o conteúdo registrado nas células sensíveis do corpo espiritual. Imagine-se a situação do espírito, sendo bombardeado por sensações e situações muitas vezes paradoxais, tais como momentos de amor, de carinho, seguidos de outros em que vivenciou o ódio, o egoísmo, o orgulho. Minutos que viveu em intensa espiritualidade e horas em que conviveu com desequilíbrio e irresponsabilidade.

A grande maioria dos que estão vinculados ao planeta Terra já passaram ou passam por momentos de virtude e harmonia e momentos em que a viciação fala mais alto. A nossa própria situação — nossa, dos habitantes da Terra, desencarnados ou encarnados — é ainda muito inferior, e muitos se acham apegados aos instintos e à brutalidade.



Nesse bombardeio de emoções, vindas das lembranças da existência finda, o espírito fica mergulhado, durante as horas que sucedem ao seu desencarne.

No meu caso, revivi os lances de minha existência, em retrospectiva, do último momento vivido no corpo físico até os primeiros minutos, já consciente, quando nascia, reencarnava.

Presenciei cada ato realizado, tudo que fiz, desde o fato de ir a uma festa, colocar esta ou aquela camisa, até mesmo as coisas que realizei julgando estar sozinho — e agora me envergonhava de havê-las realizado.

Nenhum tribunal inquisidor, nenhum juiz implacável. Apenas eu mesmo, enfrentando a minha própria consciência, sem poder fugir, sem poder correr para lugar algum.

Só mais tarde fiquei sabendo que, durante aqueles momentos em que revia o meu passado, era assistido por amigos, sem contudo poder percebê-los. Jamais abandonado à própria sorte, os amigos da espiritualidade maior, movidos pelas preces de minha mãe querida, vieram socorrer-me, trazendo-me os recursos para o meu reequilíbrio. No entanto, eu conservava-me distante deles vibratoriamente, recordando imagens mentais muito fortes de minha última existência.



Os momentos mais dolorosos de presenciar foram exatamente aqueles que, enquanto os vivi na Terra, julgava serem os melhores de minha vida. Os atos em que o prazer físico, a irresponsabilidade, a algazarra, as curtições, como dizia naquelas horas, eram tudo para mim.

A vergonha que senti de mim mesmo é inenarrável. Tudo isso era recordado em detalhes mínimos, como se estivesse vivendo novamente cada coisa que fiz, cada palavra, cada pensamento...

Revi o momento fatal em que soube haver contraído o vírus letal, causador do meu desencarne. Vi-me chorando, quase enlouquecido. Presenciei o desespero, o sentimento de culpa. Como enfrentar a família? Como contar para mamãe? Ela suportaria a notícia? E papai? Como reagiria ao saber que tinha um filho com aids?

Acompanhei a cena mental em que me via correndo, tresloucado, os olhos marejados, a procurar Euzébio, na esperança de ouvir algo que me desse alívio para a dor que ameaçava consumir-me. Afinal, ele não era espírita há tanto tempo? Não fora ele que me guiara para conhecer os bares, boates e outras diversões noturnas? Talvez pudesse me ajudar, aconselhar-me; afinal, éramos amigos...



Revia cada passo de minha existência finda, como também as palavras de Euzébio:

— Ora, Frank, eu, na verdade, o convidei para sairmos, nos divertimos juntos, e é claro que você pode contar comigo, mas, cá pra nós, não fui eu quem mandou você se exceder tanto assim. Não venha querer jogar a culpa em cima de mim não, que eu não sou aidético.

— Mas, Euzébio, eu não estou querendo culpá-lo de nada, não — falei chorando, amargurado. — Só queria apoio seu. Como vou fazer para contar a minha família? Qual explicação darei por haver contraído o vírus? Será o fim para os sonhos de meus pais. — Chorava abundantemente. Precisava da ajuda de Euzébio.

— Cada um colhe o que plantou, meu amigo — falava Euzébio. — Não é isso que você aprendeu na Mocidade? Afinal de contas, é você mesmo que deve responder por seus atos, e mais ninguém...

Copioso pranto marcava-me naquele momento. Via quão enganosa era a amizade de Euzébio, a quem eu tanto considerava.

Enfim, ele teve uma ideia, que eu abracei imediatamente, pois poderia resolver o problema em relação à família, e com o tempo eu iria contornando a situação. Embora já tivesse contraído o vírus, haveria algum tempo até se manifestar a doença. E até que se revelassem os sinais da aids, eu mentiria, inventaria uma história que mais tarde justificasse o aparecimento do mal.

Mas e depois? E o futuro? Quanto tempo eu teria de vida? Ninguém podia responder. Só o tempo.

Quando cheguei em casa, as feições mudadas, todos notaram que eu havia chorado, mas mantiveram-se calados, respeitaram o meu silêncio.

Nas telas de minha memória, desfilou cada quadro de minha existência. A aids foi o meu calvário redentor. Somente agora consigo compreender o que a doença foi para mim: funcionou como ponto final de um capítulo triste de minha vida moral. A partir da aids, desenvolvi forças sobre-humanas, reformulei meus padrões de vida, liguei-me intensamente a atividades de caráter social, busquei aprofundar-me nas questões do espírito e desliguei-me definitivamente dos ambientes e amizades de suspeita moral. Na época, eu nem sabia quanto essa decisão pesaria no meu retorno à pátria espiritual. O choque emocional que experimentei foi tão intenso, quando soube da minha doença, que a única saída foi a mudança radical em minha vida. Foi a minha salvação.



Assim, fui revendo os lances mais importantes, sem ter domínio sobre a sucessão dos fatos. Eu era apenas um espectador. E o filme exibido era o da minha própria vida.

Falo desses fatos relativos ao período em que contraí o vírus da aids por julgá-los mais importantes para o momento e o que temos em vista. Este é um diário, mas não caberia aos propósitos desta obra fazer uma descrição minuciosa de minha existência, pois esta, em outros aspectos, não difere de forma marcante da vida de qualquer um. No entanto, a experiência com a aids marcou-me profundamente, o que de certa forma justifica o fato de enfocar muito esse aspecto.



O interessante, nesses momentos em que a memória espiritual entrou em funcionamento, no retrospecto de minha última existência física, foi a sensação de que estava mergulhado em um mar de nuvens, como se gases me envolvessem o perispírito (ou corpo espiritual), recém-liberto. As imagens mentais não eram apenas internas, subjetivas, mas pareciam projetadas em torno de mim. Parecia-me estar flutuando em meio à paisagem de minha própria história. As vozes que eu ouvia, no entanto, ressoavam no imo de minha alma, repercutindo em cada célula do meu corpo espiritual. Emoções fortes foram vividas nesses momentos. Pesado fui na balança da justiça de minha própria consciência, e as próprias leis imutáveis que nos regem os destinos, de forma inexorável, classificaram-me, ante minha consciência, como um espírito doente, necessitado de tratamento moral, condizente com o meu estado íntimo.

As leis da vida facultam-nos a possibilidade de semearmos em nosso caminho o tipo de semente que nós escolhermos, sempre respeitando o livre-arbítrio de cada criatura; no entanto, a inexorabilidade das mesmas leis obriga-nos a voltar aos campos de luta e colher, nós mesmos, os frutos que dantes plantamos, de acordo com a espécie. Em qualquer setor do universo, a lei é a mesma para todos: nem um Deus punitivo ou vingativo, que se ira contra o seu filho delinquente, tampouco uma recompensa imerecida. A todos, o fruto de si mesmos. Somos herdeiros do universo, mas, acima de tudo, herdeiros de nós mesmos. Essa é a realidade última de nossas vidas.

Nesse período pós-desencarne, a presença de amigos espirituais sustém as nossas forças morais, transmitindo-nos certa tranquilidade e segurança, as quais não seríamos capazes de ter por nós mesmos. As lembranças do passado recente deixam-nos, de certa forma, perturbados. Sozinhos não conseguiríamos coordenar as ideias. Parecia-me ser joguete de forças descomunais e misteriosas, enquanto, sempre em retrospectiva, mergulhava fundo em minha realidade íntima.

As decisões que tomei e a nova postura de vida adotada na época em que soube haver contraído o vírus da aids foram, de minhas lembranças, o que mais influenciou minha existência deste lado. Só agora consigo aquilatar o valor da reforma moral, de uma postura de vida mais digna e correta.



Minha mente funcionava independentemente da minha vontade, nas lembranças vividas. Eu estivera como prisioneiro dessas lembranças, sem poder interferir, sem poder deter seu curso. Foram necessários mais ou menos dois dias de tempo da Terra para o mergulho em meu passado. Todo o meu ser vibrava consoante os fatos relembrados, como se meu corpo espiritual estivesse adaptando-se ao estado vibratório desenvolvido por mim, em minha existência física, para localizar-se aqui, deste lado, em região compatível com meu estado íntimo. À medida que as lembranças se aprofundavam, fui entrando em um estado de perturbação íntima, que me impediu de perceber os fatos com exatidão. Eu havia realizado a grande viagem para o outro lado da vida.

*— O conhecimento do Espiritismo exerce alguma influência sobre a duração, mais ou menos longa, da perturbação?*
*— Influência muito grande, por isso que o Espírito já antecipadamente compreendia a sua situação. Mas a prática do bem e a consciência pura são o que maior influência exercem.*

*O livro dos espíritos*, item 165[4]

[4] Ibidem, p. 154.

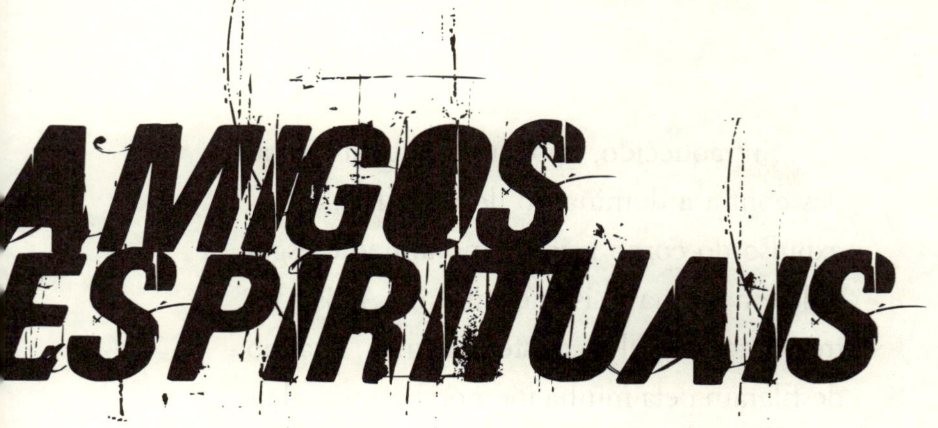


**“São irmãos que conquistei, os primeiros com quem tive contato.”**



A MINHA TRANSIÇÃO foi um pouco conturbada, apesar dos apelos de minha mãe para os benfeitores me ampararem naqueles momentos da minha passagem. Isso se deveu ao fato de eu não ter guardado a serenidade necessária para sintonizar com o Alto e receber o auxílio preciso. Só mais tarde é que me conscientizei dos detalhes que agora transcrevo neste livro-depoimento, por meio de informações de companheiros que me assistiram naquela ocasião. É como se eu passasse por tudo, retivesse a experiência, mas não me tornasse consciente de tudo. Para isso, tive que rememorar cada etapa, com a ajuda de amigos espirituais.

Enfraquecido, após lutas acerbas travadas contra a dominação do vírus HIV, vi-me expulso do corpo físico e moralmente esgotado em minha resistência íntima. Após o retrospecto mental da existência finda, quando desfilaram pela minha memória espiritual os quadros das experiências planetárias, fui socorrido pelos amigos espirituais, que desde muito tempo tentavam trazer-me o socorro devido, não por eu merecer, mas porque os apelos de um coração materno, sintonizado com as forças soberanas da vida, intercediam em meu favor através de orações. Só mais tarde fiquei sabendo que, no mesmo dia do meu desencarne, a minha doce mãe, cujas lembranças guardo ternamente na intimidade de meu espírito, reunindo as suas últimas reservas de forças, realizou à noite um culto cristão no lar, enquanto ainda o meu corpo não havia baixado à sepultura, trazendo vários amigos que, como ela, comungavam com o Mundo Maior, através de seus atos cristãos, endereçando a mim as vibrações salutares emitidas por meio de suas preces. Foi isso que proporcionou ambiente para que eu fosse assistido por espíritos bondosos, a quem devo eterna gratidão e amor.

Utilizando-se das vibrações emitidas pelo pequeno grupo reunido em meu antigo lar, os companheiros espirituais promoveram a minha remoção para local seguro, onde imediatamente fui induzido a sono magnético profundo, entrando num período de tratamento sonoterápico que teve a duração de três meses. Durante esse tempo, era visitado diariamente por equipes de magnetizadores do plano espiritual, que me ministravam passes, auxiliando a recuperação das células perispirituais que foram lesadas pela ação do vírus fatal.



Acordei do sono prolongado um pouco perdido, sem saber exatamente onde me encontrava, embora um sentimento íntimo fizesse com que eu imaginasse o que me acontecera. Sentia-me ainda enfraquecido e teimei em levantarme do leito. Repentino mal-estar fez com que eu retornasse. Só então pude observar o lugar onde me encontrava. Era uma sala pequena, com uma abertura para ventilação. Ao canto havia pequena mesa com uma toalha branca estendida e, sobre ela, um vaso com água e alguns copos. A cama que me abrigava era de um material diferente do que eu conhecia. Curioso, apalpei tudo, mexi nos lençóis, procurei investigar. Uma haste terminada em tripé estava ao lado da cama, com um recipiente que continha algo semelhante ao soro utilizado nos hospitais da Terra. Pequeno criado ao lado da cama, com um jarro de flores que eu desconhecia e um livro que peguei imediatamente para folhear. O título? *O livro dos espíritos*, já meu conhecido de outros tempos.

Sentia-me ainda cansado e um pouco abatido; no entanto, algo mudara. Estava um pouco mais leve, já não sentia dores, e uma leve disposição começava a me animar. Lembrei-me imediatamente de mamãe e de Beth. Onde estariam? Como se sentiriam neste momento? Será que tinham vindo visitar-me? Não me lembrara ainda de papai ou do meu mano. Algo parecia mudado em mim, no entanto não conseguia saber o quê. E se eu tivesse desencarnado? Será? Mas eu estava tão vivo quanto antes. E a doença, a aids e seus sintomas desastrosos? Comecei a me lembrar do período em que mais sofrera. Angústia intensa invadia-me o espírito cada vez que me lembrava de minha desdita, culminando num ataque repentino de tosses, vômitos. E os intestinos, que pareciam desgovernados, ameaçaram nova diarreia. Dores fortes me acometiam quanto mais eu fixava a mente na doença. Estava estabelecendo novamente o caos.

Prestimosa enfermeira adentrou o cômodo onde me encontrava, acompanhada de dois auxiliares. Imediatamente colocou a mão sobre a minha fronte e outra à altura de meu umbigo.

— Calma, calma, Frank! — falou a enfermeira. É necessário manter a tranquilidade e evitar pensar nos sintomas da doença. Você logo ficará bem.



Após alguns minutos fui realmente me sentindo melhor, assistido pelos dois companheiros que estavam ajudando a enfermeira. Foi realizada a minha higiene, pois eu havia vomitado nos lençóis e em minha roupa. Depois dos cuidados necessários, conservava uma ligeira tosse e faltava-me o ar, o que me incomodava de certa forma. A enfermeira falou-me:

— Já que você acordou, é bom que tenhamos uma conversinha que vai ajudá-lo muito, bem como a nós que estamos tentando auxiliá-lo.

— Onde estou? — interferi na conversa da enfermeira. — Não me parece tanto um hospital. E minha mãe, onde está? Eu já desencarnei? Sou um defunto finado?

A moça deu uma boa risada e, passando a mão em minha cabeça, falou:

— Calma, meu amigo, para tudo tem a sua hora. No íntimo, você já sabe o que lhe sucedeu; no entanto, voltaremos a esclarecê-lo mais tarde a respeito do assunto. Agora é necessário que você se conscientize de algumas regrinhas que muito o ajudarão em sua melhora. Primeiro, é bom que você não volte os seus pensamentos para nenhuma situação que lhe tenha causado sofrimento. Elimine completamente qualquer ideia de infelicidade ou dor, alimentando imagens positivas e altruístas da vida. Você viu o seu estado quando se lembrava do passado sofrido? Pois bem, agora é hora de pensar no futuro que se abre diante de você.



Agora, sim, com esse papo todo eu sabia que estava morto, bem morto mesmo. Estranho é que eu não me importava tanto com o fato. Já lera alguma coisa a respeito e frequentara reuniões onde fora orientado quanto a isso. Mas será que ela era morta também? Tentei tocar em seu braço para me certificar, e novamente ela, seja lá quem for, riu-se gostosamente. Continuou:

— Como pode notar, estamos todos aqui, inteirinhos como antes. Já que você está consciente de sua situação, dispensa qualquer comentário a respeito. Para a sua recuperação...

A enfermeira desfilou um rosário de coisinhas que eu deveria saber e fazer dali em diante. Assim, fiquei sabendo que estava em uma casa espírita desde que desencarnara. A casa funcionava como posto de socorro de determinada colônia espiritual. Não pude ser transferido imediatamente para outra região do espaço, devido às minhas vibrações, que não eram lá grande coisa para eu me gabar. Também era necessário que recebesse grande quantidade de magnetismo, por parte de companheiros encarnados, desdobrados pelo sono, a fim de reconstituir alguns órgãos lesados pela doença, em meu corpo espiritual. Ainda não me livrara dos efeitos da aids. Ali aprenderia a conter minhas emoções, a controlar meus pensamentos e receberia os benefícios mais imediatos das preces dos encarnados; afinal, era aquele local um posto avançado dos planos superiores. Só mais tarde eu poderia ser conduzido a uma instituição hospitalar do espaço, para receber tratamento especializado. Para isso, era necessário que aprendesse algumas coisas primeiro, tais como dominar meus pensamentos e impulsos, e algumas regras de conduta, pois, nos postos de socorro do espaço, eram bem mais rigorosos. Enfim, eu não oferecia condições ainda de ser socorrido como o caso necessitava. Estava em tratamento fluidoterápico na Terra, para depois ser transferido para local apropriado.



— Bem, Frank, é bom que você contribua um pouco, e breve teremos condições de transferi-lo. Comece com a leitura do livro que está sobre o criado, e logo voltarei para mais outra etapa de esclarecimentos. Qualquer coisa que precisar, é só me chamar. O meu nome é Ivone, e os outros irmãos que estão nos auxiliando são Palmiro e Venceslau.

Começou aí a minha vida de intensa atividade nessa nova fase. Todos os dias pela manhã eu era instruído, juntamente com uns 30 defuntos, desencarnados ou almas, a respeito da nova etapa de vida que nos aguardava. Sofri muito até conseguir um certo domínio sobre mim mesmo. Os esclarecimentos eram realizados no salão de reuniões da casa espírita. Após as nossas perguntas serem esclarecidas, éramos conduzidos para o tratamento magnético, que outros espíritos nos ministravam. No meu caso, parecia ser mais demorado. Acredito que naquela turma toda de almas do outro (ou deste) mundo, só eu havia desencarnado com aids. Por isso o meu tratamento era mais demorado. Não aguentava me locomover sozinho, era conduzido em uma espécie de cadeira de rodas, só que... sem rodas. Ela parecia deslizar com muita facilidade, empurrada por Ivone, que sempre estava por perto, com Palmiro e Venceslau. Revezavam-se no meu tratamento.

Serviam-nos caldos e sucos, quando sentíamos a sensação de fome. A água estava sempre presente nessa primeira fase de tratamento. À noite, quando os encarnados se reuniam para os estudos, éramos conduzidos para o salão, a fim de ouvirmos as lições evangélicas. Comecei a gostar muito dessas reuniões.

Alguns de nós eram colocados em lugar um pouco afastado dos encarnados, evitando contatos mais diretos. Eu era um destes. Certa vez um rapaz "atravessou-nos", quando éramos conduzidos para o salão. Profundo mal-estar acometeu-o: sentiu tonturas, enjoos e calafrios. Palmiro logo esclareceu:

— Vejam agora o motivo por que não podemos deixá-los mais próximos aos irmãos encarnados. A situação de vocês é muito delicada, e o desequilíbrio do corpo espiritual afeta qualquer um que possua o mínimo de sensibilidade. Enquanto não alcançarem relativa melhora, domínio de si mesmos, não poderão ter contato com os encarnados. Só após longo tratamento é que poderão retornar às relações comuns.



— Mas, no meu caso, já me sinto bem melhor; não posso ser eu o causador do mal súbito do rapaz — falei exaltado.

Novamente Palmiro esclareceu:

— As desordens existentes no corpo espiritual não são debeladas de imediato. É certo que se sente relativamente bem. No entanto, esse estado é mantido à custa das energias dos amigos espirituais, que canalizam recursos que funcionam como paliativos. Só mais tarde, após desenvolverem por si mesmos os recursos próprios e o equilíbrio íntimo, é que alcançarão a verdadeira saúde do espírito. Quando você estiver em tratamento no hospital de nossa colônia, entenderá melhor que não bastam alguns passes para se alcançar o equilíbrio. Acredito que em breve você chegará a essa conclusão.

Calei-me contrariado, porém consciente de minhas dificuldades. Só mais tarde pude compreender devidamente a questão.

Os médiuns encarnados, quando dormiam, eram trazidos para nos aplicarem o passe magnético, o que nos fazia sentir imenso bem. Parecia-nos revigorar as forças. Era intensa a atividade deste lado. Não tínhamos trégua. Ivone, Palmiro e Venceslau só me deixaram quando fui transferido para o hospital espiritual. Havíamos construído uma amizade muito forte no período em que permaneci no posto de socorro espiritual. Sofri, chorei, passei por momentos de alegria, e eles sempre presentes. Devo-lhes muito por haver conquistado a possibilidade de receber um tratamento mais amplo e especializado deste lado da vida. Espíritos boníssimos, até hoje recebo as vibrações de suas preces, rogando a Deus por mim. São irmãos que conquistei, os primeiros com quem tive contato.

Finalmente chegou o dia em que fomos transferidos para o Hospital do Silêncio, tão falado e esperado por nós. Do grupo de 30 espíritos, apenas três de nós fomos conduzidos para essa instituição do espaço. Os outros foram direto para as colônias espirituais, pois apresentavam melhores condições que nós. Meus companheiros anteriormente descritos seguiram comigo até o hospital. Fui adormecido através de passes magnéticos, evitando-se, assim, que interferisse no processo de transporte. Passaríamos por região inóspita do umbral e outras muito conturbadas. A medida era necessária para evitar que sintonizássemos com os espíritos que aí estagiavam.



Quando acordei, já estava num dos amplos jardins que circundavam o hospital. Despedi-me dos companheiros, que retornaram à Terra para continuar suas atividades. Lágrimas desciam de nossos olhos. Agradeci sinceramente a Deus, por haver me amparado através de tão bons amigos. Deixei assim, na Terra, os meus afetos, encarnados e desencarnados, que me auxiliaram nos primeiros momentos de minha existência no além-túmulo. Diante de meu espírito, o enorme conjunto arquitetônico que era conhecido como Hospital do Silêncio, sintetizando os meus anseios de um futuro sem desequilíbrios e com muita atividade no bem.[5]



[5] Todos os objetos, utensílios, móveis e construções encontrados no plano espiritual são o resultado da ação do pensamento dos espíritos sobre os fluidos (cf. "Laboratório do mundo invisível". In: KARDEC, Allan. *O livro dos médiuns*. 1ª ed. esp. Rio de Janeiro: FEB, 2005. p. 189-199).

# CAP 4

*— Como é acolhida a alma em seu regresso*
*ao mundo dos Espíritos?*
*— A do justo, como bem-amado irmão,*
*desde muito tempo esperado.*
*A do mau, como um ser desprezível.*

*O livro dos espíritos*, item 287[6]

[6] KARDEC. *O livro dos espíritos*. Op. cit. p. 230.

# HOSPITAL DO SILÊNCIO

**"Quer dizer que todo aquele sofrimento teve certa utilidade?"**



EMBALADO POR SONO profundo e reparador, não estava consciente quando fui transferido para a instituição do espaço que agora me abrigava. Ao despertar do tratamento sonoterápico a que fui induzido por eméritos espíritos, que ali trabalhavam em benefício dos que sofrem, pude sentir enorme melhora, embora necessitasse ainda de tratamento intenso. Estava deitado sobre leito alvinitente e pude contemplar os raios dourados do sol penetrarem por uma janela, enquanto suave brisa movimentava a cortina clara que emprestava àquele quarto a suavidade de um ambiente acolhedor, porém singelo. Assim que despertei, fui imediatamente assistido por um bondoso companheiro, que, de pronto, se acercou de mim para examinar-me. A um toque seu, em determinado ponto da parede, enorme tela e complicados instrumentos foram aparecendo e envolvendo todas as paredes do apartamento onde me encontrava. Era como se a parede deslizasse para o lado e mostrasse os instrumentos que talvez estivessem embutidos em seu interior.

Alfredo, o espírito que me assistia, após examinar vários instrumentos, tocou-me de leve a fronte e falou:



— Agora, meu filho, já desperto, será conduzido para o Pavilhão de Recuperação, onde será tratado de forma mais intensa. Conforme a sua resposta ao tratamento, em breve poderá compor uma equipe de trabalho. Creio que você não ignora o que lhe sucedeu e, pelo que pudemos observar em seus padrões mentais, já sabe de seu desencarne e das responsabilidades que temos, deste lado, de auxiliar a quantos aqui vêm, conduzidos pela misericórdia de Deus.

Tentei murmurar algumas palavras, mas não o consegui. Não que não tivesse forças para tal, mas estava sem jeito, talvez envergonhado ainda com a minha situação, a forma como passara para o lado de cá. Provavelmente conhecendo os meus pensamentos, Alfredo, sempre gentil, porém direto em seus posicionamentos, acrescentou:

— Não se preocupe, Franklim, por enquanto não necessita falar nada, e é bom que se conserve em oração, lembrando-se das coisas do Alto. No entanto, convém que você saiba de algumas coisas.

"A instituição que nos abriga é assistida pelos mensageiros da bondade divina, que, dispostos ao trabalho no bem, acolhem-nos generosos. No entanto, muito se exige de cada espírito que aqui aporta em busca do auxílio do Alto. Com o tempo, verá que obedecem a regras rígidas de orientação, e mesmo os trabalhadores que aqui se encontram respeitam regras que o Alto determina, em prol da nossa própria segurança e para o benefício da comunidade espiritual. Mas convém lhe falar que a principal de todas essas regras é a vigilância dos pensamentos. É necessário manter um padrão mental elevado para evitar caírem as vibrações em planos mais densos. Também nas conversações, é de vital importância que se mantenham palavras de alto teor, sem recordações do passado delituoso, sem comentários impróprios. Assim, no local para onde será encaminhado, poderá, na medida do possível, conversar, manter relações saudáveis e amigáveis com os companheiros internados, porém obedecendo, para o próprio bem, a regras disciplinares."

— Por que tanta proibição? Parece um colégio interno. Além do mais, não creio que tenha condições de transgredir alguma regra, mesmo se quisesse, pois, no estado em que me encontro, é impossível qualquer ação — aventurei-me a falar, pois não compreendia o motivo de tanta rigidez e disciplina.



— Acontece, meu amigo — falou Alfredo —, que nos encontramos numa instituição hospitalar do espaço, onde espíritos endividados que trazem muitos resquícios do passado desventuroso são trazidos para o tratamento intensivo. Já houve casos que nos obrigaram a manter disciplina rígida, porém administrada com amor, para o bem dos próprios companheiros internados. Aqui, no entanto, só se encontram aqueles que têm condições, os que amealharam recursos suficientes para serem atendidos, conforme o caso.

— Compreendo o motivo de você me falar de tudo isso, mas se são somente aqueles que merecem estar aqui que são socorridos, como se explica o meu caso? Não creio possuir predicados para tal — procurei esclarecer.

— Com certeza, se você não possui aquisições morais suficientes, alguém pode ter interferido em seu benefício; alguém deve possuir amplas amizades junto à administração central, senão você não estaria conosco. Mas o que importa agora é que temos que dar tratamento ao seu caso. Vamos conduzi-lo às câmaras de radiação — Alfredo falou-me, e senti grande carinho em seu modo de dizer.

Fiquei imaginando o que seriam as tais câmaras de radiação a que o bondoso amigo aludia. Afinal, para que todo esse aparato tecnológico, já que todos ali eram desencarnados? Não éramos espíritos? E, afinal, qual era a minha condição, segundo o parecer dos outros espíritos que trabalhavam ali? Comecei a questionar intimamente, ao que Alfredo, demonstrando conhecer meus pensamentos, respondeu:

— Cada coisa em sua hora, Frank. Com o tempo saberá por que utilizamos esse "aparato", como você classificou. No que concerne a sua situação, já posso lhe comunicar algo, para que possa ajuizar melhor.

Dizendo isso, encostou a mão direita, espalmada, sobre determinado ponto dos instrumentos que vira antes. A tela, que tomava toda a extensão da parede, iluminou-se, mostrando uma espécie de mapa do corpo humano, que Alfredo ia me explicando aos poucos.

— Trata-se de um esquema do seu corpo espiritual — falou. — Conforme poderá notar, os lugares que se encontram marcados de vermelho e cinza são os locais mais afetados pela ação do HIV, que, destruindo a indumentária física, imprimiu sérias marcas no sistema psicossomático ou perispírito.



"O fator moral — desencadeante da ação funesta e destruidora do vírus —, uma vez deficiente, enfraquece as vibrações das células do corpo espiritual, tornando seu perispírito imensamente desajustado, o que irá requerer um longo tratamento por parte dos técnicos e servidores que trabalham conosco. As experiências vivenciadas por você ainda na carne, no período em que a doença se instalou definitivamente no corpo físico, muito ajudaram para evitar transtornos maiores."

— Quer dizer que todo aquele sofrimento teve certa utilidade? Não compreendo direito como minha dor e o meu tormento puderam me auxiliar — questionei.

— Não falo simplesmente da dor e do sofrimento físico, Frank. Refiro-me principalmente ao sofrimento moral, às lutas enfrentadas devido à rejeição inicial de alguns familiares, aos preconceitos de que foi vítima, às horas passadas em sofrimento anônimo, aos prantos silenciosos, bem como às angústias e ao consequente estado que esse padecimento todo lhe proporcionou, para reavaliar sua atitude diante da vida. Tudo isso, somado ao estado íntimo de sensibilização, modificou muito a sua situação interna, tornando-o acessível à ação dos companheiros espirituais a seu favor. Certamente você não ignora, também, que a sua genitora, juntamente com amigos que comungam os mesmos ideais, fizeram um verdadeiro tratamento em você, através da emissão constante de energias magnéticas. Quando você se encontrava no leito, sob a ação da dor reparadora, sua mãe reunia-se, em departamento anexo ao seu quarto, com companheiros desvelados, emitindo radiações diretamente sobre seu corpo espiritual. Devido às afinidades existentes entre vocês dois, essa ação magnética exercida com muito amor, por si só, modificou muito a estrutura celular do perispírito.

— Seria então o magnetismo tão poderoso a ponto de influir tão intimamente sobre estruturas espirituais tais quais as do perispírito? — perguntei novamente a Alfredo.

— Na verdade o magnetismo é a força, por excelência, presente em toda a criação. Mesmo os nossos irmãos das escolas espiritualistas que o utilizam com mais frequência e com conhecimento ainda ignoram imensamente o que essa energia pode produzir em benefício das criaturas. Sendo o corpo, que ora movimentamos em nossa esfera de ação, de natureza eletromagnética, é natural que, quando há ressonância e certa constância na irradiação do *quantum* magnético, a ação sobre as células perispirituais seja tão mais intensa quanto mais afinidade existir entre emissor e receptor. Uma vez estabelecida a sintonia, com a constância da emissão magnética, as células e os átomos astrais vão lentamente cedendo a essa ação energética, o que se fortalece ainda mais quando o agente receptor das energias modifica seu padrão mental, sua estrutura moral, tornando assim mais eficaz e profunda a ação das energias que lhe são dirigidas. Ainda convém observar que, no seu caso, a nossa companheira Anita, sua mãe, possui muitos créditos de serviço superior, o que a faz objeto de grande afeição por parte de companheiros da Vida Maior. Isso muito influiu e influi presentemente no seu tratamento espiritual, pois insistentemente a sua genitora, acompanhada de amigos e irmãos de ideal superior, dirige apelo às forças do Alto, intercedendo em seu benefício, o que facilita muito para que sejam encaminhados os recursos devidos à sua recuperação, bem como em sua estadia neste posto de socorro espiritual.



As palavras de Alfredo produziram em mim um certo impacto. Não sabia que minha mãe estivera assim tão intimamente ligada a mim; não imaginava quanto sofrera junto comigo e só agora ajuizava o amor que me dedicava. As lágrimas ameaçavam cair quando relembrei o sofrimento de mamãe com a minha doença. Quer dizer então que o próprio fato de estar sendo socorrido naquela instituição do espaço se devia aos méritos de minha mãe? Ainda estava preso a recordações e indagações íntimas quando

Alfredo prosseguiu:

— Não é hora de se entregar às lembranças do passado, embora conservemos a ternura por nossos antigos afetos. O seu caso exige-nos mais dedicação e atenção. É certo que você não ignora a precariedade de suas conquistas espirituais na existência que se findou, mas também não ignora quanto o poder do amor arregimenta os recursos do universo, em benefício do ser amado. No entanto, é hora de desenvolvermos em nós o estado propício para mantermos os valores que nos são creditados pelo Alto, a fim de não decepcionarmos aqueles que investem em nós.



Naquele momento, era impossível conter as lágrimas ante a visão de minha insignificância e da misericórdia de Deus para comigo, concedendo-me aquela oportunidade de reajuste. Decidi-me, definitivamente, tudo fazer para corresponder à confiança e ao amparo que me eram prestados. Comecei então a delinear o meu futuro...

— Que posso fazer para corresponder ao crédito de amor que depositam em mim? — indaguei chorando.

— Calma, meu irmão, primeiro terá de recuperar-se, em tratamento intensivo que muito dependerá de você; mais tarde, veremos como proceder — falou o companheiro Alfredo. — Você será conduzido ao Pavilhão das Radiações, onde será submetido a tratamento mais especializado; depois voltaremos a nos falar, pois você está ainda muito fraco e necessitado de repouso.

Fui conduzido por Alfredo a outro departamento da região hospitalar. Vários espíritos iam e vinham pelos corredores, em constante atividade. Parecia uma grande colmeia espiritual, onde os espíritos trabalhavam em perfeita harmonia e disciplina. O silêncio era absoluto. Não se ouvia nada. Parecia que todos se entendiam através do olhar, ou então já conheciam o seu trabalho e o realizavam com precisão. Para aqueles que pensam encontrar um repouso eterno após a morte física, isso aqui certamente será uma decepção: reina intensa atividade, trabalho constante e, ao que parece, prazeroso, pois irradia do semblante de cada espírito um misto de felicidade e desejo de ser cada vez mais útil em sua área de ação. Talvez mais tarde possa compreender melhor esta sociedade espiritual; por ora, deixo-me apenas ser conduzido para o meu destino, para ser submetido a tratamento intensivo, pois ainda me encontro fraco. A ação do vírus que provocou o meu desencarne permanece em meu corpo espiritual e, de vez em quando, sinto alguns sintomas da doença, que parece ameaçar-me o equilíbrio. Ainda sou espírito enfermo, necessitado do socorro e da caridade dos irmãos deste lado da vida.

Adentramos em novo ambiente. Imenso pavilhão desdobrava-se ante minha visão. Eram muitos equipamentos instalados, dando-me a impressão de estar em outro mundo, outro planeta. Tudo era atividade, trabalho, e uma perfeita ordem dominava as atividades de todos ali.



Avistei vários leitos suspensos como num campo de força, flutuando, ligados por fios finíssimos a painéis que se estendiam pela parede. Espíritos vestidos de uniforme branco monitoravam quantos estavam estendidos naqueles leitos, como se controlassem instrumentos que naquele momento me pareciam estranhos e complicados. Alguns espíritos, sentados nos leitos, pareciam em melhores condições do que outros, que jaziam estendidos, como se estivessem adormecidos. Do teto do pavilhão, sobre cada leito, pairava um estranho instrumento. Pude perceber que alguns estavam ligados, emitindo suave luminosidade de cores alternadas, que me causavam estranha impressão. Tudo era diferente daquilo que até então estava acostumado a ver. Passavam por mim espíritos conduzidos por outros, sentados em cadeiras, como as cadeiras de rodas dos hospitais da Terra. Contudo, deslizavam suspensas no ar. Seriam enfermeiros? Tudo me era diferente. Com certeza, eu estava em um departamento científico do hospital. Tantos recursos, tanta técnica...

— Você agora ficará a cargo do nosso companheiro Timóteo — falou Alfredo. — Ele é o responsável por esta seção de tratamento. Mais tarde, voltaremos a nos encontrar.



Fiquei observando aquela figura imponente à minha frente. Timóteo era verdadeiro albino; tinha cabelos brancos, cheios, era extremamente claro e trazia um sorriso largo estampado no rosto. Transmitia bondade, confiança e demonstrava inteligência.

Silencioso, conduziu-me a leito próximo, onde me colocou deitado. Ainda sem falar nada, ligou alguns instrumentos, dos quais parecia anotar algo cuidadosamente. Falou-me depois, atencioso:

— Seja bem-vindo, meu irmão. Você se encontra aqui sob interferência do Alto, que, atendendo ao pedido de alguém ainda encarnado, conduziu-o a esta estação de tratamento e reeducação. Doravante estaremos mais próximos. Se houver qualquer dúvida ou questionamento, poderá se dirigir a mim ou a outro servidor. Contudo, convém lembrá-lo da disciplina e ordem reinantes, para o bom andamento de nossas atividades.

"Todos os dias, a partir de hoje, será submetido a uma hora e meia de tratamento de radiação, tratamento das células espirituais do seu corpo psicossomático. Através de processos de que ficará informado mais tarde, capturamos partículas presentes na irradiação solar e, intensificando a sua ação através de instrumentos apropriados, bombardeamos os átomos psicossomáticos, para eliminar a ação dos vírus que causaram a desestruturação dos corpos físico e perispiritual.

"Após o tratamento nesta ala, será encaminhado à sala de reeducação mental, onde passará duas horas diárias a recapitular os fatos de sua existência, através de recursos audiovisuais, quando terá a oportunidade de refazer conceitos, ideias e posicionamentos, visando a novos rumos para o seu espírito.

"Assim que estiver em condições, também oferecerá sua cota diária de trabalho nesta comunidade, pois, como pode observar, o trabalho e a disciplina são as leis da vida, aqui e em todos os planos do universo. Poderá ter acesso à nossa nova biblioteca e às atividades artísticas aqui desenvolvidas, mas não descuide da vigilância de seus pensamentos, pois disso depende a sua permanência em nosso meio."

Pareciam-me regras muito rígidas de disciplina e trabalho. Já me sentia cansado só de ouvir o programa de atividades. Não gostaria de passar a minha eternidade neste vaivém que notava à minha volta. Mas, a um olhar de Timóteo, silenciei meus pensamentos, e ele acrescentou:

— Para nós que delinquimos no passado e somos espíritos doentes, é natural que sejamos submetidos a tratamento diferente daqueles que preferiram errar menos do que nós.

O que ouvi calou-me fundo, e entendi imediatamente a minha situação.

Agradeci a Deus a oportunidade que me dava de reajuste, embora não entendesse tudo o que se passava comigo naqueles momentos.

# Cap 5

*— As ideias dos espíritos se modificam quando na erraticidade?*
*— Muito; sofrem grandes modificações, à proporção que o Espírito se desmaterializa. Pode este, algumas vezes, permanecer longo tempo imbuído das ideias que tinha na Terra; mas, pouco a pouco, a influência da matéria diminui e ele vê as coisas com maior clareza. É então que procura os meios de se tornar melhor.*

*O livro dos espíritos*, item 318[7]

[7] Ibidem, p. 240.

# Terapia Espiritual

**“Não é o sofrimento em si que irá melhorar a condição de quem quer que seja, mas a forma como é encarado.”**



O TRATAMENTO prosseguia diariamente sob a supervisão de amigos mais esclarecidos. Fomos conduzidos a um pavilhão onde éramos submetidos a uma forma mais dinâmica de terapia. Na verdade, eram muitos os espíritos que haviam desencarnado sob a ação do HIV, que estagiavam ali, em processo terapêutico, auxiliados por psicólogos do mundo espiritual. Nem todos que aportavam deste lado da vida, vítimas da aids, tinham condições de realizar tal tratamento de imediato. Geralmente se passava longo tempo até que apresentassem condições de se submeter a esta nova terapia educacional. Na realidade, era uma reeducação moral, orientada diretamente por abalizados irmãos da Vida Maior.

Quando o espírito, apresentando condições psicológicas favoráveis, demostrava interesse em reavaliar seus padrões de conduta, estabelecendo novos parâmetros para o seu futuro espiritual, era conduzido ao Pavilhão das Realidades, como chamávamos aquela área de tratamento.



Sentávamos em poltronas confortáveis, que eram ligeiramente reclinadas, e éramos submetidos, por alguns minutos, à poderosa ação magnética de espíritos experimentados para tal. Aparelhos que se assemelhavam a capacetes eram colocados sobre nossas cabeças, e imediatamente éramos envolvidos por intenso campo de energia, mergulhando em um mundo de imagens e cores onde a nossa mente revia o passado recente, recriando situações que havíamos vivido na Terra. Conservávamos perfeita consciência do que ocorria e, em meio a sensações e sentimentos experimentados, funcionávamos como espectadores de nós mesmos, revivendo todas as coisas já experimentadas quando ainda no corpo físico, guardando, porém, a liberdade de modificá-las pela ação do nosso pensamento.

As imagens sucediam-se, enquanto refazíamos conceitos e opiniões, atos e pensamentos, sob o influxo de poderoso magnetismo espiritual.

Quando revíamos uma ação que provocara situações delicadas ou infelizes para o nosso espírito, recriávamos a cena, com os mesmos personagens, imprimindo novo rumo aos nossos atos, visualizando, automaticamente, os resultados deles, assim como as consequências, os frutos que colheríamos se tivéssemos agido de forma idêntica à que recriávamos mentalmente.



Sempre orientados por um companheiro, refazíamos as situações dezenas de vezes, enquanto éramos projetados para dentro das cenas, com liberdade de modificá-las à vontade, para o nosso próprio aprendizado. Assim, era revisto cada ato infeliz praticado por nós, no corpo físico; eram refeitos cada passo, cada ação, cada atitude menos digna, como se procurássemos agora acertar, vivenciando-os novamente. As imagens eram tão reais que, muitas vezes, ao sairmos da terapia, estávamos em prantos, por recriarmos as situações vividas anteriormente e vermos quão diferentes seriam os resultados se tivéssemos feito melhores escolhas.

— Meu caro Frank — falou o companheiro que me assessorava no tratamento —, este trabalho que fazemos neste pavilhão assemelha-se aos estudos desenvolvidos na Crosta, com realismo virtual. Aqui se encontram aperfeiçoados, de forma a produzir, naqueles que são submetidos ao tratamento, todas as emoções e sentimentos da própria realidade, como se estivessem novamente no palco terreno das realizações.

— Todos que desencarnam com aids são submetidos ao mesmo tratamento? — perguntei.



— Nem todos, uma vez que não temos casos absolutamente iguais. Portanto, variamos a terapêutica empregada. Espíritos há que não necessitam deste processo de reeducação a que está sendo submetido, porque, quando na Terra, ainda sob a ação nefasta do vírus temível, puderam rever suas ações em período pré-desencarne, e isso contribuiu muitíssimo para a sua recuperação deste lado.

— Quer dizer que, quando passamos muito tempo sofrendo no leito, melhoramos a nossa condição aqui? — tornei a perguntar.

— Não é o sofrimento em si que irá

melhorar a condição de quem quer que seja, mas a forma como é encarado, o proveito que se tira dele. As meditações realizadas enquanto o espírito vivencia a experiência e as decisões tomadas é que se refletem na vida espiritual, conforme o que deliberou no seu íntimo.

Calei-me imediatamente, por compreender minha própria situação. Continuando, o amigo espiritual falou:

— Muitos espíritos que vivenciaram o drama da aids, como você, vêm para este lado revoltados, profundamente preocupados por haverem deixado na Terra o gênero de vida a que estavam acostumados, seus vícios e defeitos, lamentando tão somente não poderem continuar com os mesmos desregramentos. Quando aqui chegam, são imediatamente localizados em região sombria, compatível com o próprio estado íntimo de cada um, por impositivo da lei das afinidades, impedindo-nos, por seus próprios desequilíbrios, de recolhê-los para o tratamento devido. Dessa forma, muitos desses irmãos infelizes são feitos vítimas de espíritos vampirizadores, caindo em tal dormência dos sentidos espirituais que poderão levar séculos até serem despertados para a realidade da Vida Maior. Outros ainda, conforme o gênero de vida que levaram na Terra, são imediatamente localizados em vales profundos de região inóspita do astral, onde convivem com maltas de obsessores, que os transformam em fantoches para as suas realizações tenebrosas.

"Se fôssemos desfilar os casos que já estudamos aqui, deste lado, ficaríamos horas, dias, talvez, enumerando-os. Dessa forma, meu irmão, considere-se feliz, juntamente com aqueles que aqui se encontram, por oferecerem as condições mínimas necessárias para serem admitidos neste posto de socorro. Sabemos, na verdade, que estamos distantes de alcançar o equilíbrio; no entanto, já despertos para a necessidade de melhorar, prosseguimos, sendo esclarecidos e tratados, conforme a bondade de Deus nos permite."

Ao falar assim, o assistente demonstrou leve tristeza no semblante, que não me pôde passar despercebida, demonstrando haver vivenciado dramas semelhantes ao nosso. Não ousei perguntar nada, deixando para mais tarde qualquer alusão ao fato, evitando ser inconveniente. Notando que eu havia percebido algo, o amigo espiritual falou:

— Há muitos anos parti deste lado da vida, em função de compromissos assumidos no passado, reencarnando na Crosta, no seio de família numerosa, sendo eu o quinto filho de uma turma de nove. Desde cedo meus pais lutaram muito, trabalhando para nossa educação, não nos faltando nada, dentro das necessidades de uma família modesta. Assim que me tornei maior, demonstrei o desejo de afastar-me da família, tentando a vida sozinho na cidade grande, na capital, que me atraía sob todos os aspectos. Meus pais enviavam-me o dinheiro para os estudos, enquanto eu trabalhava para meu próprio sustento. Ao cabo de pouco tempo, descobri meus pendores artísticos e, com algumas amizades, pude ter acesso a situação de relativa notoriedade, através da arte.

"Vivia até então como um simples cidadão, trabalhador, honesto e cheio de esperanças no futuro. O sucesso, no entanto, modificou-me as disposições íntimas, e começou então a minha queda moral. Envolvi-me com pessoas acostumadas à agitação intensa da vida noturna e fui perdendo o contato com a família, que, através de cartas, cobrava-me cada vez mais a presença no lar. De queda em queda, arrastei-me para os desregramentos do sexo, minando as energias divinas que deveria usar para minha própria elevação e a dos meus semelhantes. Naquele tempo, não se falava ainda de aids, não haviam ainda catalogado a doença ou descoberto o vírus, embora de há muito já tombassem vítimas do mal, que só mais tarde foi visto oficialmente. Livre do medo que o vírus imporia a muitos, cada vez mais me envolvi no desregramento, até afetar as energias de minha alma, já enferma espiritualmente.



"A morte veio pôr fim ao desrespeito às leis da vida, depois de muito penar sobre o leito, vítima de tuberculose e infecções generalizadas, conforme fora detectado na época pela equipe médica que me atendia. Deste lado, estagiei por longos anos em regiões pantanosas, carregando no corpo espiritual as marcas sinistras da minha desdita. Pústulas e tumores eram exibidos em meu perispírito, enquanto eu errava pelos vales sombrios, perseguido por bandos de espíritos que tentavam assenhorear-se de mim. Caindo exausto, abandonado de mim mesmo, após o desespero, veio-me o pranto de arrependimento. Foi quando fui localizado por equipe de amigos que me haviam precedido na grande viagem, sendo conduzido para este posto de socorro espiritual. Uma vez recuperado, depois de intenso tratamento, pedi aos dirigentes para permanecer aqui auxiliando na recuperação de outros que, como eu, haviam falido em suas tarefas na Terra."

O companheiro silenciou a sua narrativa, e pude notar lágrimas descendo em sua face. Evitei qualquer comentário sobre o seu drama, uma vez que eu próprio vivera algo semelhante.



Prosseguimos no meu próprio tratamento, recebendo aplicações magnéticas, destinadas ao reequilíbrio de meu corpo astral ou perispírito.

A terapia de reeducação espiritual recuperava-me visivelmente, provocando disposição para a nova etapa de vida no Além. Passava parte de meu tempo visitando outros companheiros que haviam desencarnado também com o vírus da aids. Conhecia-lhes a história, os dramas, os receios, os planos para o futuro. Com o tempo, formamos um pequeno grupo, composto por aqueles que tinham mais afinidades entre si. Começamos a frequentar a biblioteca da instituição espiritual à que estávamos agregados. Começávamos a sentir necessidade de sermos úteis.

Ceres, Anatólio, Rogueb e eu estudávamos cada caso que podíamos. Interessamo-nos em auxiliar ao máximo, e qual não foi a nossa alegria quando fomos convidados a trabalhar no Pavilhão das Almas, auxiliando aqueles que eram recolhidos das furnas, das regiões das sombras. O trabalho próximo animava-nos sobremodo. Até que enfim poderíamos fazer algo de importante. Não somente frequentaríamos as sessões de tratamento, mas contribuiríamos para a recuperação de outros. O ânimo tomou conta de nosso pequeno grupo. Reunidos embaixo de frondosa árvore, arquitetávamos planos para o futuro, com vistas ao nosso crescimento íntimo. Já nos interessávamos por estudos mais espiritualizados. Nossas conversações mudaram sobremaneira. Ao som de um violão, Ceres improvisou uma música que nos lembrava a família que ficara na Terra e o desejo de a ela voltar, dizendo que estávamos vivos, que sofríamos, que tínhamos saudades, que os amávamos.

As lágrimas vieram à face quando Ceres

terminou de cantar, e então demandamos o trabalho, confiantes na bondade de Deus e saudosos de nossos lares.

*— Quando um Espírito diz que sofre,*
*de que natureza é o seu sofrimento?*
*— Angústias morais, que o torturam*
*mais dolorosamente do que todos*
*os sofrimentos físicos.*

*O livro dos espíritos*, item 255[8]

[8] Ibidem, p. 208.

# PAVILHÃO DAS ALMAS

**"Auscultamos muitas vezes o íntimo de alguns deles e pudemos ver as imagens mentais a que se prendiam."**



ADENTRANDO outra ala da instituição hospitalar do espaço, o clima mudava gradualmente. Orientados por Aristeu, amigo da equipe médico-espiritual, mantivemos o estado íntimo de prece, enquanto muda expectativa envolvia o nosso grupo de aprendizes. Cheiro forte de algo que lembrava medicamento impregnava o ar. Parecia-nos odor de plantas misturadas com éter, algo difícil de definir. Várias vezes pudemos notar no corredor por onde passávamos diversas plaquetas com os dizeres: *Mantenha a serenidade*, *Mantenha-se em prece*.

Aristeu parou, antes de ultrapassarmos o umbral de uma porta, e falou-nos amoroso:

— Agora é necessário que vocês ponham em prática o que aprenderam. Os companheiros que se encontram internados aqui necessitam do seu amor e equilíbrio, sendo imprescindível que transmitam tranquilidade, evitando qualquer comentário a respeito dos casos que irão encontrar. É bom evitarmos qualquer alusão aos problemas nossos ou daqueles que iremos servir. Poderemos, no entanto, fazer observações para futuros estudos. Mantenhamos a tranquilidade.



Apreensivos pelo alerta do espírito amigo, prosseguimos pavilhão adentro, sem compreender a razão de tanta precaução. Afinal, não éramos agora trabalhadores iguais aos outros? Não iríamos ajudar a operar os aparelhos que víramos nos outros pavilhões? Precisávamos apenas de algumas dicas, e o resto era fácil; já tínhamos visto tantas vezes fazerem o mesmo conosco... Qual a razão para tanto cuidado?

Entramos em uma sala onde fomos apresentados a um espírito que se apresentava como uma irmã de caridade. Irmã Clara era o seu nome. Tomou de uma bandeja, com algo que se assemelhava a gaze, algodão e alguns tubos, que eu imaginei serem pomadas. Entregou-nos, a cada um, uma daquelas bandejas, sem que entendêssemos direito o que fazer. Ante a nossa dificuldade de entendimento, falou-nos amorosa:

— Sei que vieram para trabalhar. Quando estamos dispostos a servir, não importa o serviço, abraçamo-lo, qualquer que seja, apenas na esperança de sermos úteis. Aqui, no entanto, encontrarão irmãos nossos que passam por situações difíceis. O amor é o ingrediente principal, que deve ser ministrado em doses exatas. A compreensão e o carinho devem ser constantes na atividade de vocês, mas a fé sincera e a prece deverão ser cultivadas constantemente, aliadas à boa vontade. Qualquer orientação que precisarem, procurem-me. Estarei à disposição para qualquer explicação.



O sorriso sincero emoldurava o rosto da irmã, quando, atentos a tudo, entramos no pavilhão.

Grande surpresa estava-nos reservada. Esperávamos encontrar máquinas complicadas para operar, situações em que pudéssemos demonstrar a nossa inteligência e tudo quanto aprendêramos. Contudo, fomos surpreendidos por imensa fila de leitos, quase ao nível do chão, num pavilhão pouco iluminado, apenas uma luminosidade azul alternando-se com o verde que envolvia toda a ala, e os gemidos e prantos de dezenas, talvez centenas de espíritos estendidos sobre os leitos: uns, contorcendo-se; outros, em aparente imobilidade, exalando odor profundamente desagradável, enquanto enfermeiros abnegados passavam algum produto sobre eles ou aplicavam-lhes passes, tentando minorar-lhes o sofrimento.

Estremeci ante o quadro que se estendia diante de meus olhos. Os meus companheiros igualmente pareciam estar petrificados, assustados com o quadro à nossa frente. Causava-nos repugnância o odor que exalava daqueles seres infelizes. Será que era ali que trabalharíamos? Duvidava de que pudesse aguentar aquela situação por muito tempo.



— Estes nossos irmãos — falou irmã Clara — são aqueles que foram recolhidos das trevas em situações aflitivas. Desencarnaram devido ao vírus da aids, com o qual foram contagiados na Terra pelo uso de drogas. Ao se descobrirem portadores do temível vírus, entregaram-se a toda espécie de desregramento, revoltados contra Deus e o mundo, como se não fossem os únicos responsáveis pela própria desdita. Mesmo conscientes de serem portadores do HIV, continuaram no desregramento, contaminando outros infelizes que sintonizavam com seu modo de agir, alastrando conscientemente a doença.

— Como pode alguém agir dessa forma? Isso é diabólico... — falou Ceres em prantos.

— Na verdade, minha filha, toda vez que conscientemente praticamos qualquer ação que contrarie os princípios da divina lei, estamos agindo diabolicamente, entendendo-se que o diabo é o próprio homem, quando, em seu desregramento, macula-se, transgredindo os ditames do Alto. Aqui, porém, vemos companheiros presos às criações de suas mentes infelizes. Estão algemados às próprias realizações. Não sofrem pela doença em si, porque contraíram o vírus, mas pela forma como se comportaram, premeditada e constantemente. Aliada a isso, a ação destruidora de drogas fortes ou da própria viciação das forças sexuais criou as algemas mentais a que se encontram presos por tempo indefinido.

Aproximei-me de um daqueles espíritos sofredores, levando instintivamente a mão ao nariz, devido ao mau cheiro que exalava, e pude ver a situação em que se encontrava. Exsudava dele, através de pústulas, de feridas, uma quantidade de matéria mórbida, de pus misturado a um líquido esverdeado, que minava constantemente de seus poros, causando o cheiro desagradável. Outros, apresentando quadro praticamente idêntico, com algumas variações, seguiam aquele, em outros leitos, gemendo ou chorando, conforme o grau de consciência de cada um. Eu estava profundamente abalado ante o que via. O que eu fazia naquele lugar? Não poderia fazer nada por eles; era melhor sair a presenciar tais cenas, que chocavam qualquer um.



Novamente irmã Clara falou-nos, enquanto meu amigo Anastácio comovia-se até o pranto:

— O trabalho de vocês será o de limpar as substâncias expelidas do corpo espiritual destes irmãos nossos. Para isso, no entanto, é necessário muito amor e carinho no desempenho de suas tarefas. O amor irá transmitir-lhes o necessário estado íntimo, provocando-lhes, na memória e no coração, a situação favorável ao arrependimento, à reestruturação de seus espíritos. O remorso cede lugar, então, a esse estado de espírito desejado para a renovação. Enquanto isso, ao limparem suas pústulas, transmitirão magnetismo curador aos companheiros em aflição. Aplicarão igualmente a pomada que trazem consigo, enquanto, através da prece, invocarão as forças do Todo-Poderoso para o auxílio a seus filhos.

Assustados e intimidados pela situação, começamos a nossa tarefa, embora muitas vezes, com lágrimas nos olhos, ameaçássemos até mesmo vomitar, contendo a custo a indisposição, enquanto não nos acostumávamos com a nova etapa de nossas atividades deste lado de cá. Após duas ou três horas diárias de serviço no pavilhão, saíamos correndo em direção a um jardim próximo, para respirarmos o ar puro, tão diferente daquele ar da ala onde servíamos.



Com o tempo, fomos nos acostumando com o trabalho, embora conserve ainda em na alma as cenas difíceis presenciadas por nós no pavilhão das almas sofridas.

A nossa aversão inicial transformou-se lentamente. Hoje ainda, embora tenhamos sido transferidos para outras atividades, voltamos sempre ao pavilhão, para nos dedicarmos àqueles que, como nós, um dia transgrediram as leis eternas e resgatam, sob aflição e dor, suas ações imprudentes. Contudo, pela bondade do Pai Eterno, são assistidos e amparados com amor, até que despertem para novo recomeço, para uma nova vida.

Muitos espíritos que estagiavam naquele pavilhão de tratamento estavam tão mergulhados em suas próprias criações mentais desequilibradas que viviam intenso pesadelo. Auscultamos muitas vezes o íntimo de alguns deles e pudemos ver as imagens mentais a que se prendiam. Achavam-se apegados às cenas de suas vidas de tal forma que se recusavam a acordar para a realidade espiritual. Dormiam indefinidamente no remorso improdutivo. Eram assistidos e amparados pela bondade de Deus, mas demoravam a dar resposta ao tratamento. Mesmo assim, diariamente íamos auxiliá-los, orando por eles, enquanto o que ali presenciávamos produzia lentamente em nós a transformação do clima interior. Desenvolvíamos os sentimentos mais nobres. O contato com a dor alheia sensibilizava-nos sobremaneira o espírito. Era o despertar para uma vida mais consciente deste lado de cá.

As lições que aprendemos nos pavilhões jamais foram esquecidas. Foram as histórias mais difíceis, os dramas mais dolorosos que produziram em nós a elevação espiritual, a conscientização de nossas responsabilidades.

O período de serviço nos pavilhões ainda não terminou. Ainda hoje retornamos a essa tarefa, já transformados, pois a dor e o sofrimento modificam-nos as disposições interiores, preparando-nos para a vida.

# CAp 7

*— De que natureza são as relações entre os bons e os maus Espíritos?*
*— Os bons se ocupam em combater as más inclinações dos outros, a fim de ajudá-los a subir. É sua missão.*

*O livro dos espíritos*, item 280[9]

[9] Ibidem, p. 228.

# NOVAS EXPERIÊNCIAS

**“Seremos como cometas a rasgar a escuridão.”**



Após o labor diário, em que todos nós, os recém-libertos da carne que já apresentávamos condições favoráveis, terminávamos nossa cota de participação nos trabalhos desenvolvidos deste lado da vida, auxiliando outros espíritos em condições mais delicadas que a nossa, dirigíamo-nos para sítio próximo, onde, sob a abóbada estrelada, conversávamos sobre os diversos assuntos que nos prendiam a atenção. Era tanta coisa, tanta novidade! Um mundo novo e estuante de vida se estendia ante a nossa visão espiritual.

O sepulcro deixou de ser o símbolo mórbido que tanto temíamos. Mesmo em contato com o conhecimento espírita, quando encarnado, não fazia ideia exata da realidade da vida imortal. Agora, em convalescença, ainda trabalhando pouco, tentando tornar-me útil de alguma forma, desejava devassar os planos espirituais para saber mais a respeito deste mundo onde passaria longo tempo de minha vida imortal. A curiosidade inata despertou a todo vapor, e tudo era motivo para perguntas e mais perguntas.

O prédio do hospital erguia-se majestoso diante de nós. Extenso bosque emoldurava a paisagem espiritual, e o absoluto silêncio que a tudo envolvia dava-nos o sentido de veneração pela natureza. Flores que jamais havia visto na Terra pendiam como trepadeiras ao longo do prédio central, tornando a construção mais encantadora, com linhas arquitetônicas suavizadas pelo colorido e perfume que exalavam de si.



Meu pensamento deslocava-se de uma novidade para outra. Afinal, não iria ser tão monótona a vida no Além. Havia construções e tecnologia avançada que faria inveja aos maiores cientistas da Terra. Contávamos com todos os recursos para o nosso crescimento intelectual e espiritual. Daqui dava até para avistar ao longe as torres de uma cidade. Diziam-nos que breve teríamos condições de ir até lá, conviver com seus habitantes, outros espíritos, trabalhar, estudar, crescer.

Em meio aos meus pensamentos, que fluíam velozes, interveio a voz conhecida de Aristeu:

— Vamos com calma, amigo — falou-me o bondoso espírito. — Temos muito tempo pela frente, para dedicar ao estudo e à pesquisa do mundo espiritual. Sei que você está deslumbrado com as possibilidades que se descortinam diante de si, mas é bom que aproveitemos também o tempo para a pesquisa e o estudo de nós mesmos. Trazemos um mundo íntimo regurgitando de vida, a nos esperar para a reedificação do cosmo interior.

— Eu sei disso, Aristeu. Acontece que não esperava encontrar tudo isto aqui — falei, abrindo os braços —, cheio de vida, de novidades e de possibilidades.

— Olha, Frank, é até natural o seu deslumbramento ante a visão da espiritualidade, mas não devemos nos esquecer de que ainda não nos conhecemos integralmente e que esta profusão de cores, de vida e atividade deve primeiramente brotar dentro de nós, em renovação de propósitos, ideias e ideais, senão corremos o risco de não podermos ficar aqui usufruindo indefinidamente de uma paz e felicidade que não nos pertencem.

— Como não podemos ficar aqui? Eu já não estou gozando de certa saúde, de certo bem-estar? Existe risco de eu sair daqui para lugar pior? — perguntei assustado.

— Acontece, amigo, que, se estamos sendo favorecidos pelos recursos que o Alto nos envia, através do tratamento adequado, dos companheiros espirituais que nos assistem, é unicamente devido à misericórdia do Pai, que nenhum de seus filhos abandona à desesperança, uma vez que não possuímos ainda os títulos de virtude que nos garantem a companhia de espíritos desvelados ou a comunhão com outros mais bem aquinhoados espiritualmente.



"No entanto, a paisagem etérea que nos acolhe, nestes domínios do plano espiritual, é mantida pelas emissões mentais de espíritos de alta estirpe, que velam e trabalham por nós. É necessário que desenvolvamos em nós mesmos os valores de virtude que nos habilitem a nos manter em sintonia com esses nobres companheiros do Mundo Maior. De outra forma, seremos meros usufrutuários de uma situação que nada fizemos por merecer. Seríamos apenas aproveitadores. É hora de nos modificarmos intimamente, forjarmos novas matrizes para o nosso espírito, desenvolvermos nossas próprias capacidades no trabalho incansável a favor do nosso semelhante e de nós mesmos. Só assim incorporaremos definitivamente a paisagem feliz ou celestial na intimidade de nosso espírito. Aí, sim, onde quer que estejamos, no plano do espírito ou no corpo denso da aparelhagem fisiológica, traremos o céu dentro de nós mesmos. E, embora possa haver sombra temporária nas regiões inferiores por onde porventura passarmos em tarefa nobilitante, seremos como cometas a rasgar a escuridão, como fachos de luz a iluminar a paisagem triste das realizações humanas, como a luz prodigiosa do amor e da virtude, que traremos em nossa intimidade."



Ante o exposto pelo companheiro, silenciei qualquer questionamento, por entender a profundidade do ensinamento contido em suas palavras. Longo silêncio se fizera entre nós dois, só quebrado pela suave vibração do vento, que balsamizava aquelas paragens espirituais. Lembrei-me então de minha existência última, de minha família, mamãe, Beth, de todas as oportunidades que deixara passar, despercebido que estava das questões relativas ao espírito, à minha própria felicidade íntima. Talvez porque previsse que eu ia entrando pelo caminho perigoso das recordações infelizes, Aristeu alertou-me, rompendo o silêncio que se fizera:

— O tempo agora é de nos prepararmos para futuras tarefas; o passado deve apenas servir de base para criações superiores, sem que descambemos para o remorso doentio ou para as emoções desencontradas.



Hoje, à noite, haverá uma palestra no grande auditório, para aqueles que vieram de sua última existência terrena através da contaminação pelo vírus HIV. Quem sabe você não gostaria de ir comigo até lá? Poderíamos colher farto material para o nosso aprendizado.

— Claro que não vou perder essa — falei, já refeito e animado. — Vou chamar a turma; eles também não vão querer ficar de fora desse babado.

— Vou na frente — falou Aristeu. — Nos encontramos no auditório, na hora marcada; vou reservar lugar para todos. Ouvi dizer que um emissário do Plano Superior falará para todos esta noite. Levem material para gravar a palestra; por certo, será muito edificante para todos nós, e convém não perder nenhum detalhe do que for exposto.

Saí animado à procura de Ceres e Anatólio, que já sabiam do acontecimento e também me procuravam.

— Vai ser a oportunidade de sabermos mais a respeito da doença que nos trouxe para cá — falou Anatólio. — Acho que poderemos aprender muito, e isso nos ajudará a nos restabelecermos mais depressa.



Corremos pela lateral do prédio hospitalar. Dávamos pulos de contentamento pela possibilidade de sermos esclarecidos de forma mais ampla. Desde que aqui chegara, era a primeira vez que iria assistir a uma palestra a respeito da aids. Não poderia perder isso de forma alguma. Até então fôramos esclarecidos isoladamente, cada um de nós. Chegou a hora de nos encontrarmos com os nossos companheiros de jornada, aqueles que, como nós, vieram para cá através da porta aberta pela aids. O que nos aguardava? Estariam os espíritos responsáveis enviando para a Terra alguma forma de cura para a doença tão temida? Que revelações nos aguardavam? Novamente a curiosidade invadia-nos os pensamentos, torturando-nos a alma.

Anatólio e Ceres corriam de mãos dadas. Corríamos todos em direção ao grande auditório, na expectativa da palestra. No meio da correria, Anatólio foi dar um pulo para o alto, e, para nossa surpresa, foi bem maior do que esperávamos: acabou deslizando ou volitando até ao topo do hospital, 17 andares, num só salto. Paramos boquiabertos. Anatólio, lá de cima, já não falava mais; gritava:



— Levitei, levitei, levitei. Venham, é fácil, tentem também... Venham!

Era só gritaria. Tentamos, Ceres e eu, e não conseguimos. Anatólio resolveu então descer até nós. Era verdadeiramente cômica a cena. Deslizava de braços e pernas abertos, olhos e boca desmesuradamente abertos também; mais parecia um palhaço fazendo peraltices. Rimo-nos todos do acontecido. Vinha Anatólio pairando no ar. Descobríramos a volitação. Mas, na verdade, aquilo ainda não era volitação, afinal era cômica demais a forma como Anatólio realizava o feito. Ceres e eu não conseguimos fazer o mesmo. Só mais tarde, bem mais tarde, é que lograríamos realizá-lo. Naquele momento, entendemos que Anatólio conseguira porque já estava há mais tempo ali, já estava se recuperando e trabalhando com mais vigor. Ainda passaria algum tempo para que conseguíssemos volitar. Até lá, divertíamo-nos com as peripécias de Anatólio. Segurávamos em suas pernas, eu de um lado e Ceres de outro, enquanto ele tentava alçar "voo", puxando-nos junto.

Entrementes, corríamos em direção ao auditório, em meio às expectativas, às brincadeiras e aos risos. A nossa turma era da pesada, no bom sentido, é claro. Dali em diante, estaríamos em todas, sempre juntos.



Chegamos em frente ao auditório. A construção era simples, porém de bom gosto. As paredes laterais pareciam ser revestidas de substância vítrea; pareciam transparentes. As poltronas pareciam-nos confortáveis, e um odor de flores e plantas silvestres bem suave dava ao ambiente um clima natural. À frente, erguia-se um tablado, como nos auditórios da Terra, onde se viam 12 cadeiras, nas quais provavelmente ficariam os responsáveis pelo evento espiritual. Atrás das cadeiras, imensa tela ganhava vida, mostrando paisagem de divina beleza. Achei que o odor das plantas e flores viesse do próprio quadro que emoldurava a parede. Dava-nos a impressão de que suave brisa saía daquela paisagem e balsamizava o ambiente. Verdadeiramente, aquele quadro tinha vida. Mais tarde, ficamos sabendo que era produto da criação mental dos organizadores daquele encontro.

Várias equipes de espíritos já haviam chegado ao auditório, que oferecia mais ou menos 2 mil lugares. Mas só quando estávamos lá é que ficamos sabendo que a palestra começaria depois de meia-noite. Antes era impossível, pois viriam companheiros da Terra, ainda encarnados, porém desdobrados pelo sono físico.



Aristeu veio em nossa direção, esclarecendo-nos:

— Na verdade, os preparativos já começaram, visando ao bom andamento da reunião. Estas equipes que vocês veem aqui são trabalhadores de outras colônias, instalando equipamentos de transmissão, para que as palavras do orador sejam ouvidas em regiões distantes, no plano astral. Equipamentos radiofônicos de recepção são colocados nos vales sombrios, onde possam as palavras ser captadas por alguns de nossos irmãos que começam a despertar para a vida espiritual. Outros são conectados às câmaras onde se encontram aqueles que foram resgatados das trevas exteriores. As vibrações das palavras emitidas são transformadas em impulsos magnéticos que se refletem na intimidade desses nossos irmãos, que, embora não possam ainda ouvir, por estarem fechados em si mesmos, recebem o benefício das vibrações eletromagnéticas, que os fazem sentir o que está sendo exposto pelo orador.



— Cruzes, exclamou Ceres, vocês pensam em tudo, não? E esse espírito que virá dos planos superiores precisa dessa parafernália toda? Quem é ele?

— Na verdade, minha querida — respondeu Aristeu —, o nosso visitante, embora esteja vinculado às esferas superiores, encontra-se presentemente encarnado.

— Como, encarnado? — todos perguntamos, assustados.

— Ouvi dizer que o nosso irmão que fará a palestra é alguém que guarda uma folha de serviço bastante ampla no trabalho do bem. Profundo conhecedor das questões do espírito, desempenha atualmente, na Terra, importante missão de levar conceitos espíritas aos nossos irmãos encarnados. Como guarda estreitas relações com os nossos benfeitores da vida espiritual, foi convidado para vir aqui, através do desdobramento, para falar a nós, que muito temos de aprender com ele — falou Aristeu.

— E por que não convidar outro desencarnado para falar conosco? Afinal, aqui, deste lado, não estão aqueles que sabem mais que os encarnados?



— Creio que você não ignora que o espírito, em qualquer plano em que se encontre, encontrará igualmente farto material de estudo e aperfeiçoamento. Ademais, existem espíritos de condição evolutiva muitíssimo superior à nossa e que se encontram presentemente encarnados. Isso não os impede de ter livre acesso ao nosso plano de vida. Desempenham a sua tarefa, igualmente, no plano físico, quando acordados, e no plano extrafísico, quando desdobrados pelo sono. Aqueles que desempenham tarefas mais importantes, mais amplas, conforme os planos estabelecidos antes do seu reencarne, guardam maior lucidez deste lado. O irmão que virá esta noite traz em si bagagem espiritual suficiente para nos orientar a todos aqui. Os coordenadores do nosso posto de socorro, conquanto espíritos boníssimos e superiores a nós outros, igualmente vêm aqui nesta noite, para ouvir suas palavras.

Ninguém ousou falar mais nada. De minha parte, pisquei para Anatólio, como a dizer: — Tá vendo? Quem mandou perguntar?

Saí imediatamente, de mansinho, para fazer os preparativos para a reunião, evitando que alguém percebesse os meus pensamentos e me desse uma lição também.



Quando me afastava, senti a mão de Ceres me tocar. Ela me disse:

— Se manda, Frank! Tô nessa também!

Fomos para o interior do auditório, aguardando a hora tão esperada.

*— Podem Espíritos encarnados reunir-se em certo número e formar assembleias?*

*— Sem dúvida alguma. Os laços, antigos ou recentes, da amizade costumam reunir desse modo diversos Espíritos, que se sentem felizes de estar juntos.*

*O livro dos espíritos*, item 417[10]

[10] Ibidem, p. 283.

# PALESTRA E QUESTIONAMENTOS

**"O vale de degredo, na realidade, começa dentro da própria consciência culpada."**



A NOITE ESTAVA LINDA. Ao longe avistávamos a Lua emitindo suas radiações, refletindo as propriedades do astro rei. O silêncio que envolvia o pronto-socorro espiritual proporcionava-nos ensejo a meditações mais profundas. O brilho das estrelas lembrava-nos os olhos de nossas mães que deixamos na Terra, anjos de amor e ternura, que, através de suas preces, envolviam-nos nas ternas lembranças do antigo lar.

A minha recuperação era visível. Embora ainda conservasse em meu espírito as marcas profundas da última experiência física, a constância nos pavilhões de tratamento magnético, a cada dois dias, o tratamento de helioterapia, através da radiação solar, o trabalho psicoterapêutico no Pavilhão das Realidades, refazendo cada passo de minha última existência, reeducando-me moralmente, e as tarefas em benefício dos meus companheiros de infortúnio, realizadas diariamente, deram-me novo alento, novas esperanças, melhorando sobretudo o meu estado íntimo. À medida que eu me dedicava ao trabalho e aos estudos, melhorava, sonhando com o dia em que poderia integrar as caravanas de auxílio, em tarefas mais definidas, no Vale das Sombras, onde poderia sentir-me mais útil, ou, quem sabe, na própria Crosta, habitação dos encarnados, auxiliando aqueles que ficaram na retaguarda. Enquanto isso, dedicava-me intensamente aos preparativos da noite, para ouvir a palestra tão esperada.



Na hora marcada, dirigimo-nos todos para o auditório, onde grande multidão de espíritos já nos aguardava. Pudemos notar diversos grupos reunidos em conversação edificante e agradável. Alguns traziam pranchetas, com material para anotações diversas.

Da Terra, chegavam várias caravanas, sempre orientadas por espíritos do nosso plano, trazendo, através do desdobramento no período de sono, aqueles que, de alguma forma, tinham relações com a problemática da aids. Havia pessoas com aids, que eram trazidas e colocadas mais próximo do palco onde ficaria o orador, facilitando-lhes a percepção do que seria falado. Estavam presentes também mães, pais e outros familiares em relação constante com aqueles que se haviam contaminado com o vírus HIV; voluntários ou profissionais que se dedicavam ao amparo dos nossos irmãos com aids; toda uma gama de encarnados, desdobrados, eram trazidos para o nosso plano, para se instruírem. Além desses, havia grande multidão de desencarnados, ex-portadores de aids em recuperação deste lado da vida, aqueles que já recuperados contribuíam para a melhora e o esclarecimento dos outros, trabalhadores espirituais que se dedicavam à assistência e ao amparo aos necessitados de toda espécie. Enfim, era uma verdadeira assembleia espiritual, com objetivo de aprendizado e evolução.



Se ao menos um terço desses espíritos estivesse com um por cento da curiosidade com que eu me encontrava, teríamos que ficar ali por muito tempo, fazendo perguntas e mais perguntas para o orador da noite.

Antes de os organizadores espirituais do evento, o orador e outros representantes do Plano Maior adentrarem no ambiente, fomos agraciados com apresentações de artistas desencarnados que haviam passado pela experiência da aids, embora já recuperados alguns, os quais conseguiram comover-nos profundamente com suas apresentações, arrancando lágrimas. Foi um verdadeiro espetáculo de arte espiritualizada. A canção *Servos do Pai*, que ouvi de um jovem recém-vindo da Terra, marcou-me profundamente, transportando-me aos tempos da Mocidade. Mas a hora mais comovente se deu quando entrou no auditório uma equipe de oito espíritos que haviam sido doentes de aids, acompanhados do coro de todos os espíritos da plateia, mães, pais, parentes, trabalhadores e internos do Hospital do Silêncio. De mãos dadas, cantaram a *Canção da esperança*, feita por Cazuza, já no plano espiritual. Presente naquele momento, Cazuza fazia o solo, enquanto a plateia cantava o coro — uma verdadeira prece sentida por todos, um alerta aos espíritos da Terra. Os nossos sentimentos estavam aflorados, lágrimas desciam de nossos olhos, comovidos que nos encontrávamos, de mãos dadas, sentindo as vibrações do Plano Maior. Nunca presenciara tamanha demonstração de espiritualidade, nunca vira tantos espíritos vibrando juntos numa mesma sintonia. E ainda fomos agraciados com a presença dos nossos dirigentes espirituais, que, como se estivessem materializados, tomaram o seu lugar à frente de todos e convidaram-nos para, aproveitando aquele momento de intensa elevação, dirigirmos uma prece ao Pai, preparando-nos o espírito para as palavras do orador:



— Pai amantíssimo — orou o nosso mentor espiritual —, cuja bondade e amor infinitos abarcam mundos e constelações, na vastidão dos reinos imortais; cuja presença intensamente sentida, mas só agora compreendida por aqueles que, como nós mesmos, não são merecedores da tua misericórdia. Somos aqueles, Senhor, que viemos de remotas eras, de todos os continentes e latitudes da Terra, cansados de errar indefinidamente no vale sombrio das realizações infelizes. Somos nós, Senhor, espíritos que, arrependidos de suas maldades, voltamos o olhar para ti, Senhor da vida, como os vermes que rastejam sob a Terra e sonham com as claridades diamantíferas do Sol. Rastejando-nos, ó Pai, como ínfimos aprendizes do verdadeiro amor, rogamos-te acolha a todos nós no regaço generoso da tua divina bondade. Ampara-nos, ó Pai, os propósitos de trabalho e crescimento espiritual e recebe-nos em teus domínios imortais, como meros aprendizes da boa-nova, cujo único mestre é o Cristo.

De mãos dadas com Ceres e Anatólio, pudemos sentir o envolvimento intenso da espiritualidade do nosso mentor. Radiações de profundo azul e dourado atingiam a todos nós que nos encontrávamos na plateia, arrebatando-nos a pensamentos sublimes. O orador foi-nos apresentado. Grande alegria dominou-me particularmente, porque já havia ouvido uma palestra proferida por ele, quando eu estava encarnado. Era alguém de grande vulto nos meios espiritualistas e de reconhecida capacidade e possibilidades no campo espiritual.



Todos em silêncio, aguardamos a sua palavra vibrante, que ecoava por todo o auditório e que, através de potentes aparelhos de transmissão, seria também ouvida em regiões distantes do mundo espiritual. Embora estivesse ainda encarnado, desempenhando sublime missão na Terra, o orador, através da exteriorização da consciência, durante o sono físico, projetava-se para o nosso plano de ação, aqui desenvolvendo igualmente trabalho nobilitante, cuja proporção estávamos longe de compreender.

Estava ainda perdido em meio aos meus sentimentos e pensamentos, quando Aristeu, trocando de lugar com Anatólio, que estava a sua direita, falou:

— Este nosso companheiro sempre nos brinda com a sua presença, auxiliando-nos no trabalho de esclarecimento e auxílio. No entanto, só agora é que vocês estão em condições de ouvi-lo com aproveitamento.



— Será possível tirar algumas dúvidas após a palestra, fazendo perguntas ao orador? — perguntou Ceres.

— Certamente que sim. Não somente o orador irá responder as perguntas com o máximo carinho, como também os desencarnados que estão à frente de nossas atividades sempre o fazem, no intuito de ajudar. Naturalmente teremos uma disciplina para as questões levantadas, visando à harmonia do ambiente — respondeu Aristeu boamente.

Calamo-nos todos, uma vez que o companheiro já iniciava a sua exposição, saudando-nos em nome do Senhor. Impossível traduzir através da escrita o conteúdo elevado de suas palavras, sob pena de as distorcermos. Arrebatava-nos o seu verbo a regiões de plena espiritualidade, consolando-nos as dores que trazíamos na intimidade, conclamando-nos à reforma de nossas vidas, de hábitos e pensamentos, apresentando Jesus de uma forma nunca vista antes por mim, que me diluía até o âmago, por meio dos exemplos consoladores que nos trazia. Nada se ouvia no amplo auditório que não fosse a palavra do orador, que exercia sobre nós poderoso magnetismo espiritual.



Enquanto falava, desciam do alto, materializando-se sobre nós, chuvas de fluidos nas cores prata e dourada, parecendo-nos gotículas d'água, que, penetrando nas células de nosso corpo espiritual, revigoravam-nos as energias.

Desta vez, foi Anatólio quem falou:

— Esta chuva de fluidos é percebida diferentemente, de acordo com as necessidades de cada um. Os espíritos superiores enviam o bálsamo adequado para atender cada situação.

— Alguns veem pétalas de rosas caindo sobre si e evaporando-se após tocar-lhes a pele; outros percebem suave perfume envolvendo-os em nuvens fluídicas — completou Aristeu. — De acordo com a necessidade e a faixa de sintonia de cada um, será a percepção do benefício.

Embevecidos com o conteúdo da palestra, que nos esclarecia quanto a muitas situações que vivenciávamos no além-túmulo, chegou finalmente a hora em que poderíamos fazer as perguntas, já que fora facultada a palavra aos presentes.



Dentro da maior ordem e disciplina, foram se levantando alguns, desde a primeira fila, fazendo publicamente seus questionamentos, sendo imediatamente esclarecidos. Tentaremos trazer aqui algumas das perguntas e das respectivas respostas dadas pelos espíritos que dirigem o Hospital do Silêncio, pois podem ser questionamentos que muitos trazem dentro de si.

A primeira pergunta foi feita por um encarnado desdobrado através do sono físico. Traduzia de certa forma os questionamentos de muitos espíritos ali presentes.

— Qual a causa espiritual que predispõe o espírito a contrair a aids? — questionou o companheiro.

Respondendo, o orador falou:

— Na realidade, as causas são múltiplas, dependendo do processo que envolve o espírito, tanto em sua existência atual, quanto nas pregressas. Em se tratando das causas atuais, contam-se entre elas as deficiências morais, que vinculam o ser a inteligências desencarnadas com vibrações inferiores, entregando-se o homem, através da sintonia psíquica, a arrastamentos degenerativos na viciação de suas energias genésicas ou nos diversos abusos realizados com uso de drogas. Outras formas desequilibradas sugeridas pelos companheiros espirituais infelizes comprometem o espírito em sua existência atual, levando-o a contrair o vírus letal unicamente pelo descuido de si mesmo, pela falta de vigilância sobre seus hábitos, pensamentos e tendências, quando poderia continuar seu processo evolutivo sem a experiência dolorosa da aids.



"Quanto às causas pretéritas, vemos, muitas vezes, espíritos que desde longa romagem vêm contraindo pesados débitos para com a divina lei, menosprezando os mais simples deveres morais. Ora encarnados, ora desencarnados, vêm acumulando, nas células delicadas do perispírito, detritos mórbidos, resultado de sua invigilância moral, culminando, quando no corpo físico, nos desregramentos viciosos que os infelicitam através da contaminação virulenta. Outros ainda, trazendo o passado igualmente comprometido, porém, já em sua atual existência, em fase de reajustamento moral, contaminam-se por processos que não os expostos anteriormente, por estarem expurgando para a periferia do veículo orgânico as últimas reservas do seu carma. Fica dependendo deles, de suas reações ante os sofrimentos, o esgotamento de suas dívidas, neste campo, ou o retorno em futuras encarnações para terminar o doloroso processo de expurgo perispiritual. Num ou noutro caso, são espíritos endividados através da reincidência nos largos despenhadeiros do vício e da delinquência, em processo de reajuste e de depuração das energias perispiríticas."



Desta vez foi uma mãe, também desprendida através do sono físico, quem formulou uma pergunta:

— Meu irmão, qual o destino das crianças que desencarnam com aids? Terão elas tratamento diferenciado dos adultos, algum tratamento especial?

Foi a vez de um dos espíritos administradores do Hospital do Silêncio responder:

— Querida irmã, os nossos companheiros que guardam a forma exterior em período de infância são, às vezes, espíritos culpados, que trazem um passado muitas vezes delituoso, mas que, sob a forma infantil, produzem nas mães mais sentimentos de amor em relação a eles mesmos. Como crianças na vida física, podem estar em fim de processo cármico, sendo necessário, no entanto, passarem pela experiência dolorosa, em vista de seu passado espiritual. Para o homem comum, que vê apenas a matéria, é um processo ingrato, sofrido e injusto. Para quem está esclarecido e para o próprio espírito, é a forma de ele mesmo libertar-se de suas dívidas para com a divina lei, expiando seu passado sombrio. Em futuras encarnações poderão estar em condições melhores. Deste lado da vida, poderão ter tratamento compatível com o seu estado, diferenciado do tratamento aplicado ao espírito que conserva a forma exterior de adulto. Isso, porém, não é regra geral.

Um companheiro do nosso plano fez a seguinte pergunta:

— E a situação daqueles que não aproveitaram a experiência com a doença, continuando ou tornando-se revoltados, sem se importarem com Deus ou com a vida espiritual?

— Esses, meu irmão — falou o orador — já são infelizes por si mesmos. Basta-nos fazer uma visita ao Vale das Sombras e veremos quantos lá se encontram em lamentável torpor de consciência.

— Existe, então, um vale de degredo, semelhante ao Vale dos Suicidas, para aqueles que desencarnaram com a aids? — perguntou outro espírito.

— O mundo espiritual é vasto, e o espírito, quando aqui chega, é colocado em lugar compatível com seu estado íntimo. Se os atos e pensamentos do espírito se elevaram em vibrações equilibradas e harmônicas, ele sintoniza automaticamente com as regiões superiores. Não é o fato de desencarnar com aids que irá levar o espírito às regiões umbralinas, mas o estado íntimo alcançado por ele, sua sintonia, que é estabelecida pela moral. Muitos de meus irmãos aqui presentes desencarnaram vítimas da aids, sem, contudo, haverem estagiado nas regiões inferiores. Em síntese, o vale de degredo, na realidade, começa dentro da própria consciência culpada, assim como o céu é construído dentro de cada um por meio de boas ações e da moral elevada — falou o palestrante da noite, enquanto meditávamos em seus ensinamentos confortadores.

Ceres, ao meu lado, estava deveras inquieta. Levantou o braço, dando sinal, e ousou perguntar:

— Existe alguma possibilidade de cura da doença, por parte do plano espiritual? Qual a programação da espiritualidade em relação à descoberta de alguma vacina?



Novamente foi um instrutor do nosso plano quem respondeu:

— Deste lado, minha querida, trabalhamos igualmente para equacionar alguns problemas de difícil solução para nossos irmãos na Terra, bem como para nós mesmos. No entanto, a descoberta de uma vacina eficaz para o combate ao vírus HIV poderá demandar tempo da parte de nossos companheiros encarnados, uma vez que esperam recursos externos para debelarem males internos. Certo é que a Terra guarda em si as próprias soluções para a problemática de seus filhos, através das riquezas naturais com que Deus prodigalizou a humanidade. No entanto, qualquer recurso que seja aplicado ao homem, sejam soros ou vacinas, se não se considerar o ascendente espiritual de todas as coisas e a necessidade de transformação moral, de novos posicionamentos na esfera íntima, poderá até curar a doença na forma conhecida como aids; mas esta, transferindo-se, sob nova denominação, com outras características, seguirá sendo sempre a mesma. Necessita o homem da Terra, juntamente com a terapia empregada pela ciência terrena, desenvolver a terapêutica espiritual, única que poderá curar-nos definitivamente de nossas enfermidades morais e, consequentemente, nos trará o correspondente na área física. Para isso trabalhamos nós, deste lado de cá da vida, auxiliando a quantos se liguem ao Alto pelas antenas dos bons propósitos, enquanto encaminhamos para a Terra, por meio da intuição, as ideias que ajudarão os cientistas e pesquisadores em seu mister. Acima de tudo, entretanto, o Evangelho de Jesus constitui a solução para os males da humanidade e é o único bálsamo conhecido para as dores e os sofrimentos do espírito.

As perguntas sucediam-se uma às outras com interessantes enfoques em suas respostas. Resolvi fazer a próxima questão, visto que estava terminando o nosso prazo. Colocando-me de pé, perguntei:

— Gostaria que os ilustres companheiros nos esclarecessem qual é a ação que a aids provoca no corpo espiritual, que justifique o tratamento intensivo empregado pelo Hospital do Silêncio e outras instituições do espaço, como em meu caso próprio. Embora conservemo-nos aparentemente bem, qual a disfunção provocada pela doença no perispírito?



Respondendo, o orador começou:

— Não ignoram os nossos irmãos a fisiologia perispiritual, conforme vêm estudando nesta nobre instituição. Sabemos que, na estrutura magnética dos corpos espirituais, encontramos os vórtices de energia, ou chacras, segundo a filosofia oriental, responsáveis pela metabolização das energias. Funcionam particularmente no perispírito como órgãos de importância transcendental para o equilíbrio psicossomático. Quando ocorre desvio das funções da sexualidade, como em muitos de nós em passado recente ou remoto, geram-se processos de sintonia com espíritos em fase primária de evolução. Isso causa intensa atividade nos chacras inferiores, principalmente no hepático e no básico, que se transformam em depósitos vivos de parasitas energéticos, larvas astrais e outras criações mentais mórbidas, causando intoxicações nas sagradas correntes de energia que compõem o corpo espiritual. Somente a reformulação radical da moralidade, aliada ao tratamento magnético, poderá debelar as influências nocivas dos parasitas astrais, particularmente quando surge a contaminação pelo supervírus HIV. Aí é que vemos completamente desfigurada a conformação dos chacras mencionados. E quando o espírito não expurgou, por completo, de seu corpo espiritual, os fluidos mórbidos que adquiriu através de vícios e desregramentos morais, a ação do vírus HIV é ainda mais desastrosa no psicossoma, pois encontra campo fértil para estabelecer o caos.

“Quanto aos chacras mais intensamente afetados — os chamados inferiores, principalmente o básico e, em extensão, o plexo solar —, quando da ação do vírus passam a funcionar com extrema descompensação magnética, provocando a exaustão das forças e estados alterados da consciência. As anomalias lançadas no cardíaco produzem estados emocionais mórbidos, depressivos, pelo mau funcionamento desses importantes centros de energia.

"Quando o indivíduo ainda se encontra encarnado, o chacra localizado à altura do baço, afetado mais diretamente pelo vírus, promove o caos orgânico, a decomposição muitas vezes lenta das células sanguíneas, intoxicando os fluidos do duplo etérico, facilitando as graves infecções que acometem o portador do vírus da aids.



"Ante o caso exposto, vê-se justificada a terapia utilizada deste lado de cá da vida, para erradicar completamente, das células perispirituais, os resquícios do vírus destruidor. O êxito do tratamento dependerá, em grande parte, da disposição do espírito em reformular-se moralmente, evitando deixar cair a sintonia vibratória, em benefício de sua cura espiritual. Nem sempre o caso é resolvido completamente aqui, necessitando-se muitas vezes do internamento em nova roupagem física, através da reencarnação. À visão de um sensitivo encarnado, o perispírito de um companheiro que desencarnou com aids apresenta-se coberto de chagas à altura do baço, do plexo solar e do cardíaco, como se estivesse expelindo pus. Aqueles que não se encontram em tratamento deste lado de cá, muitas vezes por se rebelarem contra qualquer situação ou necessidade de reforma íntima, caem desastrosamente nas regiões pantanosas do astral inferior, expurgando com terríveis sofrimentos os efeitos mórbidos das ação destruidora da aids."



A última resposta do palestrante da noite serviu para muitos espíritos, profundamente pensativos quanto ao exposto. Decidimos nos aprofundar cada vez mais no assunto, na esperança de um dia podermos ajudar nossos irmãos em provações.

Após responder os questionamentos, os espíritos responsáveis deram por encerrada as tarefas da noite. Os companheiros encarnados, desdobrados, foram reconduzidos aos seus lares por caravanas de espíritos do nosso plano. A nossa turma dirigiu-se silenciosa, cada um para o seu aposento ou para a tarefa que o aguardava. Essa foi a primeira assembleia de que participei deste lado da vida. Jamais esquecerei as emoções vividas naqueles momentos. Agradeço sinceramente ao Pai pelas oportunidades que me proporcionou nesta noite. Doravante me esforçarei para ser um servo de Deus.

## Canção da esperança

*música do espírito Cazuza*



Canto, e o meu canto é pleno de dor e de magia;
canto qual colibri que clama à natureza.
É um canto que chora e entristece;
é um canto que reclama e enaltece.

Há um grito, uma voz rouca, parada na garganta…
É a voz que clama muda, em busca da esperança,
do amor verdadeiro.
São almas tristes, sofridas, flores que murcham.
Terão vida?
Procuram, e, por ora, sua busca será dorida.
Irmãos da Terra,
ouçam o canto dos desesperados…
Flores que um dia enfeitaram a vida;
quem sabe, a sua vida?

Irmãos da Terra,
estendam as mãos em taças de bonança.
Seja velho, jovem ou criança,
É uma vida no porto de partida…



Somos nós que precedemos na experiência,
são vocês que algum dia, na existência,
buscaram o amor,
exalando o odor das flores murchas da vida…

Eu canto hoje,
nos portais da Eterna Vida,
com o meu canto e o coro das almas sofridas.
Clamo a você, irmão da Terra…
Exalte a vida.

Belo Horizonte, setembro de 1993.

# cAp 9

*— Como é então que alguns Espíritos*
*se têm queixado de sofrer frio ou calor?*
*— É reminiscência do que padecem durante a vida,*
*reminiscência não raro tão aflitiva quanto a realidade.*
*Muitas vezes, no que eles assim dizem apenas*
*há uma comparação mediante a qual,*
*em falta de coisa melhor,*
*procuram exprimir a situação em que se acham.*

O *livro dos espíritos*, item 256[11]

[11] Ibidem, p. 208-209.

# NO VALE DAS SOMBRAS

**"Vento frio soprava por entre as encostas dando ao ambiente aspecto desolador."**



AS OPORTUNIDADES se renovaram para a nossa turma. Sempre que havia alguma palestra, éramos convidados. Não perdíamos uma sequer. Assim, íamos nos entrosando nas tarefas enobrecedoras que nos eram apresentadas. Em todas as ocasiões possíveis, aproveitávamos para adquirir mais conhecimentos e experiências, substituindo os velhos hábitos da Terra por outros superiores. Embora prosseguíssemos com o tratamento das matrizes do nosso corpo perispiritual, que havia sido seriamente afetado pelos excessos cometidos anteriormente, quando encarnados, a participação constante nos estudos e nas tarefas menores que nos eram confiadas fazia-nos recuperar a saúde espiritual. Não necessitávamos ficar deitados recebendo tratamento diário. O trabalho e o estudo eram na verdade o maior e mais eficaz remédio para os nossos espíritos delinquentes. Prosseguíamos, apesar de tudo, com as aplicações magnéticas, que auxiliavam no reequilíbrio perispiritual. Dois anos e meio se passaram desde que me submetera ao intenso tratamento psicofísico-espiritual. Ansiávamos por participar de tarefas mais amplas, que nos dessem ensejo a adquirir novos conhecimentos e oportunidades de ascensão. Certo dia estávamos saindo do Pavilhão das Almas, vindo das tarefas diárias, quando ouvimos o nosso nome ser pronunciado através do sistema de comunicação interna do hospital.



— Atenção! Os seguintes companheiros deverão se apresentar à Inspetoria de Esclarecimentos para se informarem quanto às novas tarefas: Franklim, Ceres e Anatólio. Por favor, dirijam-se à Inspetoria.

OLHAMOS ESPANTADOS, num misto de alegria e curiosidade, e pusemo-nos a caminho.

— Que tarefas novas serão essas? —

perguntou Anatólio. — Será que os irmãos administradores estão descontentes com o nosso trabalho?

— Eu acredito que os orientadores do Hospital do Silêncio irão nos oferecer outra oportunidade de trabalho, sem nos tirar a tarefa que desempenhamos atualmente — falou Ceres.

Os dois continuaram por mais algum tempo, discutindo hipóteses sobre o porquê de haverem nos chamado. Eu permaneci calado. No fundo, aprendi a gostar da tarefa que desempenhávamos.



Aqueles espíritos em condições mais penosas do que a nossa inspiravam-me amor, e, apesar de presenciar todo o sofrimento deles, eu gostava imensamente de estar ali nos pavilhões.

Em meio à assistência àqueles irmãos é que encontrei forças para recuperar-me das próprias dificuldades. Limpando os seus dejetos ou fazendo preces junto a eles, aprendi a amar a vida e valorizar a oportunidade do tempo. Afinal, foram mais de dois anos de convívio diário. Seja o que for que nos aguardasse, eu não deixaria de voltar aos pavilhões, para aprender cada dia a amá-los e amar à vida.

Em meio às minhas divagações íntimas, chegamos à Inspetoria. Fomos carinhosamente recebidos por um espírito que se apresentou como sendo o responsável pelo setor. Seu nome era Oseias.

— Muito bem, companheiros, após o aprendizado mais ou menos longo, recebemos um apelo dos servidores deste bendito campo de paz, que estão em serviço no Vale das Sombras, pedindo mais colaboradores nas tarefas que realizam. Como foi satisfatório o resultado do trabalho e do tratamento de vocês, achamos por bem convidá-los a participarem da caravana que seguirá para o vale da dor, primeiramente observando e, depois, auxiliando, conforme a disposição de cada um. No entanto — falou Oseias —, saberemos compreender caso os companheiros não queiram participar.



— Como não? — falei apressado. — É tudo que eu mais quero: expandir as minhas tarefas, sentir-me mais útil. Não sei quanto a Ceres e Anatólio; eu pelo menos não quero perder a oportunidade. Quando estou trabalhando é que me revigoro ainda mais.

— Nós também — falou Ceres. — Anatólio e eu iremos juntos. Sabemos por experiência que as tarefas que realizamos produzem vibrações de teor elevado, que nos envolvem, auxiliando no reequilíbrio espiritual. Não pense que vai sozinho, Frank, estamos juntos nesta também.

— Bem, já que se decidiram — tornou a falar Oseias —, vamos encontrar a caravana. Eu pessoalmente estarei com vocês nesta nova etapa de aprendizado. Acredito ser desnecessário lembrar que nesta, como em todas as nossas atividades, o clima íntimo deve ser de máximo equilíbrio e tranquilidade.



Reunimo-nos à pequena caravana. Após uma prece proferida por Ofélia, espírito que coordenava o pequeno grupo, dirigimo-nos para os limites externos da região espiritual onde nos encontrávamos.

Inicialmente nada percebemos de diferente do nosso ambiente costumeiro, mas, após alguns minutos, a vegetação foi ficando cada vez mais rala e espaçosa. Levitando sob a ação do pensamento de Ofélia e Oseias, dirigíamo-nos para região que se situava em outras faixas vibratórias.

— Mantenhamos o pensamento elevado — falou Oseias. — Aproximamo-nos da ponte; todo o cuidado é pouco.

— Ponte? Para que uma ponte aqui? — fiquei me perguntando.

Uma névoa, a princípio leve e tênue, envolveu a pequena caravana, enquanto nos dirigíamos para a região indicada por Oseias. Avistamos algo luminoso à nossa frente, em meio à névoa que já tomava toda a paisagem ao redor. Estranha sensação apoderou-se de mim. Respirava com dificuldade, quando senti a mão de Ofélia tocar levemente o meu ombro direito. Imediatamente toda a sensação passou, como por encanto. Ofélia sorriu-me, e prosseguimos em direção à luz. Ao nos aproximarmos, cheguei à conclusão de que era a ponte de que Oseias falara. Estava curioso para saber o que nos aguardava. Tomei o meu bloco de anotações e comecei a registrar as impressões produzidas durante a viagem. Sempre trazia comigo o pequeno diário; mais tarde passava a limpo tudo o que fora registrado. Não era nenhum repórter do Além, mas não me custava nada anotar as informações preciosas. Quem sabe poderiam ser úteis mais tarde?...

Iniciamos a descida através da ponte. Espíritos vigilantes estavam de um e outro lado, evitando que fôssemos tomados de assalto por entidades das sombras. Fizemos a travessia sem nenhum incidente; no entanto, algo apreensivos, mantivemo-nos em prece, para evitar qualquer quebra de vibração.

O ar que respirávamos era cada vez mais denso. Tivemos que eliminar a levitação, por ter se tornado difícil. Ondas mentais estranhas chegavam até nós, ameaçando-nos o equilíbrio íntimo. Fomos concitados a nos manter em prece e em hipótese alguma ceder o campo mental a pensamentos menos elevados.



Ao terminarmos a travessia da ponte, ouvimos, da profundeza das zonas sombrias, gemidos e soluços, que, de certa forma, causaram-nos profundo assombro. Não divisávamos nada além do espesso nevoeiro envolvendo a paisagem umbralina. Fomos convidados por um companheiro a dar as mãos durante a caminhada. Profundo silêncio se fez, enquanto Ceres elevou o pensamento ao Alto, pronunciando uma oração sentida, pelos irmãos que estagiavam naquele lugar de sofrimento. Quando terminou a rogativa, pudemos avistar algo daquela paisagem melancólica, daquelas paragens de além-túmulo.

Árvores ressequidas estendiam-se aqui e acolá, sem embelezar o ambiente. Vegetação rala, com espinheiros espalhados pelo solo seco, formavam uma paisagem agreste, tornando aquele lugar cada vez mais estranho.

Avistamos ao longe um vale profundo, em meio a montanhas altíssimas, que o conservavam em constante penumbra, evitando que a luz abençoada do Sol pudesse aquecer a região. Para lá nos dirigimos, com o intuito de ajudar e aprender. Em breve, avistamos algumas construções de formas bizarras, que pareciam mais o produto de alguma mente desequilibrada e sofrida. Eram poucas, na verdade, mas seu estilo nos lembrava as favelas que visitamos na Terra, mas que poderiam ser consideradas de muito bom gosto, em relação às construções que estavam diante de nós.



O solo era de um ressequido que se assemelhava ao chão do nordeste brasileiro quando no período de intensa seca, com grandes rachaduras, que pareciam haver sido produzidas por erosão. Substância semelhante ao lodo espalhava-se aqui e acolá. Fazia frio, intenso frio, embora não nos afetasse. Pudemos notar vários espíritos que se arrastavam penosamente pelo solo, enquanto outros, contorcendo-se em meio à lama viscosa, davam-nos a impressão de grande sofrimento. Não ouvíamos de seus lábios nenhum som, nem gemidos; conservavam, porém, os olhos imensamente abertos, como se estivessem em constante pasmo, o olhar petrificado.

A cena era por demais difícil de suportar. Eu, pessoalmente, não esperava enfrentar situação semelhante. Dificilmente poderia admitir que estivesse em uma região do plano astral. Fiquei profundamente abalado ao presenciar o que se apresentava à minha visão espiritual.



— Mantenha-se em prece, meu irmão — falou um companheiro da caravana de auxílio. — É imperioso que não cedamos campo mental para sentimentos menos nobres. Evitemos baixar a nossa vibração, elevando ao Pai as nossas preces em favor dos nossos irmãos infelizes.

— É um quadro bem difícil de se ver. Afinal, o que fizeram estes espíritos para passarem por tanta angústia? — perguntei, algo amargurado.

— São estes os nossos companheiros que

abusaram das energias da vida, através da sexualidade desregrada ou da viciação pela droga destruidora. Aqui, no entanto, você presencia apenas uma fase de sua vida extrafísica. Para além deste vale, impera a licenciosidade, o desregramento sexual, as paixões aviltantes que denigrem o espírito imortal. Quando o espírito se localiza em regiões quais estas que estamos vendo, já grande mudança se processou em seu estado íntimo. O sofrimento que percebemos nestes nossos irmãos é, na verdade, o resultado do expurgo dos fluidos mórbidos acumulados em seu perispírito desde longo tempo. É necessário que estagiem nestas zonas de transição a fim de que exsudem de seu corpo espiritual os venenos acumulados nas suas delicadas células, pelas suas posturas íntimas menos dignas. O solo astral, com sua matéria viscosa, como vê neste vale, funciona como um exaustor, que suga do corpo espiritual a carga tóxica mental acumulada, preparando o espírito para ser acolhido pelos companheiros que servem sob a égide do Cristo de Deus e que aqui vêm lhes trazer o bálsamo e o alívio.



— Quer dizer que existem lugares piores do que estes? Isso assemelha-se ao inferno descrito pela igreja — falei, assustado.

— Na verdade, o inferno começa dentro de nós mesmos, quando transgredimos a divina lei. No entanto, como em qualquer situação do plano extrafísico, vemos apenas, na paisagem, a projeção do estado íntimo de cada espírito que aqui estagia; mas, longe de ser um estado definitivo, em breve serão transferidos para instituições de socorro do espaço, onde serão mais especificamente tratados, de acordo com cada caso.

— Por que não os retiramos logo daqui? Afinal, não viemos em missão de socorro? — tornei a perguntar.



— Calma, meu irmão — falou o companheiro espiritual. — Tudo tem seu tempo. "A cada um segundo suas obras",[12] é o que falou o divino Mestre. Na verdade, nós não viemos aqui em nenhuma missão salvacionista. Somos todos meros aprendizes da escola do bem servir. Outras equipes trabalham para além das montanhas deste vale, localizando almas que já se encontram iniciando o caminho do arrependimento. Mais tarde serão trazidas para cá, expurgando neste

[12] Mt 16:27

vale sombrio os tóxicos e resíduos acumulados como fuligem nas células do perispírito. Nossa tarefa, por enquanto, consiste em analisar o estado dos companheiros que já se encontram aqui, há algum tempo, observando quais deles poderão ser removidos para as dependências da nossa instituição, nas regiões superiores, para tratamento especializado.

— Visitaremos, porventura, os lugares além do vale? — perguntou Anatólio.

— Por enquanto permaneceremos aqui. Se a visão destas regiões já deixa vocês atordoados pelo sofrimento que presenciam, imaginem o que não sentirão nas regiões mais densas... — respondeu Ofélia.



Imensa quantidade de espíritos passava arrastando, pelo chão enlameado, vestes rotas, como andrajos, ou estavam completamente nus. Arrastando-se penosamente pelo solo daquela região astral, muitos se dirigiram para as construções que avistamos ao chegar. Eram de um material que nos lembrava madeira, cobertas com vários objetos que nos dificultavam a identificação. Era algo realmente estranho.

— Aqui ficam os nossos companheiros que servem neste vale de dor. Nas cabanas improvisadas, preparamos caldos com fluidos revitalizantes, que são ministrados aos irmãos infelizes, auxiliando-os no reequilíbrio e facilitando-lhes o estágio penoso nestas regiões — comentou Ofélia. — Este é o nosso companheiro Flávio Mendonça. Ele auxilia os nossos irmãos sofredores com imenso amor, sendo o responsável pelas atividades nesta região — continuou.

— Como você pode conviver com eles, aguentando o cheiro fétido, as condições difíceis e o sofrimento mudo desses infelizes? — questionou Ceres, curiosa.



Olhando-nos algo triste, falou o nobre companheiro:

— Como eles — apontou-nos o vale sombrio —, eu também permaneci longo tempo nestas regiões, mais além das montanhas, desperdiçando as minhas energias nos prazeres, iludindo-me com as criações mentais inferiores, os sentimentos grosseiros que trouxera da Terra ainda impressos nas fibras sensíveis do meu corpo espiritual. Fui recolhido neste vale, após sofrimentos inenarráveis, e tudo o que aqui experimentei, o degredo penoso e a própria natureza sombria do vale, deu-me oportunidade de repensar a minha vida. Fui acolhido mais tarde pela equipe do Hospital da Caridade e, após intenso tratamento espiritual, pedi para retornar e trabalhar neste vale de dor, em favor daqueles que, como eu mesmo, muito erraram nos caminhos da vida. Enquanto sirvo o caldo fluídico e converso com alguns que já têm condições para tal, exercito o verdadeiro amor e aprendo a ser feliz através do serviço ao próximo.

Lágrimas derramaram em sua face após o relato de sua história, comovendo-nos a todos. Como eu ainda estava curioso por alguns detalhes, aventurei-me a perguntar:



— Como se deu o seu desencarne? E esse Hospital da Caridade, porventura, é o mesmo Hospital do Silêncio, de onde vem a nossa caravana?

Após breve olhar, que nos dizia da intensidade dos seus sentimentos, Flávio falou:

— Caro amigo, eu também adentrei os portais do túmulo através dos efeitos devastadores do vírus HIV. Comigo, no entanto, não foi o caso de haver contraído o vírus de forma voluntária e consciente.

"Embora levasse uma vida não muito correta em termos morais, eu contraí o vírus da aids através de transfusão de sangue. Mesmo assim, sabendo haver sido contaminado, por desespero e falta de fé em Deus, caí em toda sorte de desregramento, principalmente na área do sexo, agravando ainda mais os meus débitos ante a Divina Lei. Além de sofrer intimamente minha desdita, passei a transmitir conscientemente para outras pessoas o tão temido vírus, até que a morte bendita colocou fim aos meus desequilíbrios, localizando-me nas regiões inferiores do plano astral, tão logo ocorreu o meu desencarne. O resto da história vocês já conhecem, não necessito repetir."



Oseias continuou:

— Quanto à sua segunda pergunta, meu amigo Franklim, as instituições de socorro do plano espiritual são inumeráveis. Não pense só existir o Hospital do Silêncio que dá assistência aos espíritos necessitados. A nossa instituição, apesar dos propósitos nobilitantes que a inspiram, juntamente com seus trabalhadores e dirigentes do Plano Maior, longe está de ser a mais importante e tampouco é a única a realizar tal atividade. Quanto aos nomes, seja Hospital do Silêncio, Hospital da Caridade, ou outro qualquer, existem apenas para facilitar-nos o entendimento, a nós, espíritos ainda apegados a questões semelhantes às da Terra, pois, para Deus e os espíritos superiores, somos todos trabalhadores de sua vinha, não importando os nomes ou rótulos com os quais nos identifiquemos temporariamente na jornada rumo à perfeição.

Ante as explicações, foi impossível qualquer outro comentário ou interrogativa de nossa parte; calamo-nos e prosseguimos nas atividades.



Passamos a visitar os espíritos que ali estagiavam, aprendendo a reconhecer, no meio da multidão, aqueles que já estavam preparados para serem socorridos e transferidos a outras regiões do plano espiritual. Muitos seriam conduzidos aos pavilhões, onde receberiam tratamento adequado; outros iriam diretamente para as enfermarias, conforme o caso o exigisse; poucos, muito poucos seriam direcionados para o isolamento, e a grande maioria ainda permaneceria por muito tempo no Vale das Sombras, até apresentar condições propícias para ser atendida.

Nuvens cinzentas deslizavam pelo céu, encobrindo a luz solar. Vento frio soprava por entre as encostas, dando ao ambiente aspecto desolador. Lá embaixo, no vale que se estendia ante a nossa visão espiritual, uma procissão de almas torturadas pelo remorso e pelo arrependimento desfilava entre as sombras, num misto de sofrimento e esperança, um paradoxo de sentimentos que aumentava ainda mais a sua dor.

Árvores ressequidas, cardos e espinheiros constituíam a vegetação desta paisagem sofrida, como os corações de muitos daqueles espíritos que ali estagiavam. Era o Vale das Sombras...

Muitas vezes vamos ali em tarefas de auxílio, amparando os espíritos que lá se encontram em doloroso exílio, pela própria imprevidência e pelos desequilíbrios, dementados pela dor. Esses irmãos nossos — que, como nós mesmos, trazem o seu passado eivado de erros; que desperdiçaram as suas energias criativas, desfigurando a sua constituição perispiritual, após a prova dolorosa na Terra, contraindo doenças infecto-contagiosas sem que estas estivessem em seu mapa cármico — permaneceram, por longo tempo, na vida espiritual, alheios aos princípios superiores, revoltados contra as leis da vida e em degradante conluio com as entidades sombrias, até esgotarem as últimas reservas de suas energias primárias, depois se arrependendo de seus erros passados.

Não tive ainda condições de visitar as regiões que ficam além das montanhas que protegem o Vale das Sombras, mas constantemente a nossa caravana auxilia a quantos encontramos em condições de serem ajudados. Às vezes visito sozinho os arredores do vale, na região umbralina, e converso com um ou outro espírito que ali vive, tentando levar consolo e esperança a eles, reportando-me à minha própria experiência.



Nessas tarefas encontramos a força capaz de modificar-nos o interior, o bálsamo celeste para curar as chagas do nosso espírito. Enquanto nos for possível e permitido, continuaremos na tarefa de socorro e auxílio, até se extinguirem de nossa alma as marcas dolorosas da aids.

# CAP 10

*— Influem os Espíritos em nossos pensamentos e em nossos atos?*

*— Muito mais do que imaginais. Influem a tal ponto, que, de ordinário, são eles que vos dirigem.*

*O livro dos espíritos*, item 459[13]

[13] Ibidem, p. 305-306.

# NA CROSTA

**“Quem sabe, meu neto, não são os anjos de Deus?”**



A INSPETORIA de Comunicação da instituição que nos abrigava recebera um pedido de socorro da Terra, através de prece sentida, enviada por uma avó aflita, pedindo amparo para o neto que ameaçava cair em terrível situação, quanto a problemas morais vivenciados por ele.

Reunimo-nos em um salão para os estudos habituais, quando adentrou no ambiente bondosa entidade, que expressava a fisionomia meiga e delicada de uma velhinha. Tinha cabelos brancos e olhos muito vivos. Seu nome era Etelvina e trabalhara como educadora na área que orienta as crianças que desencarnam com o vírus da aids. Trazia nas mãos uma ficha luminosa do departamento de comunicação. Entregando-a a Ofélia, falou:

— Recebemos este pedido da Terra de forma muito insistente, e, como é de alguém que já detém larga ficha de trabalho no bem, acredito que não podemos ficar indiferentes ao fato. Já é a quarta vez que faz a rogativa, e suas preces chegaram até o Alto. Esta é a autorização — falou, indicando a ficha que trouxera — para interferirmos.

Ofélia leu o escrito; após meditar alguns instantes, falou-nos:



— Esta é a oportunidade de vocês retornarem à Crosta. Acredito que no presente caso poderão ser muito úteis.

Olhamo-nos todos, e vi os olhos de Ceres e Anatólio brilharem. Eu mesmo fiquei imensamente eufórico com a possibilidade de retornar à Crosta. Afinal, foram mais de dois anos de tratamento diário e trabalhos intensos. A saudade da família fazia daquele momento uma oportunidade única, a que não poderia me furtar. Fiquei verdadeiramente emocionado com a possibilidade. Ofélia, no entanto, conhecendo-nos o pensamento, falou-nos muito séria:

— Acredito que vocês não entenderam direito. Não falamos em momento algum numa viagem de excursão à Crosta, com pousada no lar dos nossos antigos afetos, mas em tarefa específica de socorro emergencial. Temos um serviço definido a realizar. O mais depende do nosso bom desempenho no trabalho.

Foi na verdade um jarro d'água fria jogado no fogo de nossas pretensões. Acalmamos qualquer ânimo referente ao assunto e resolvemos entrar na onda de Ofélia, preparando-nos para a partida.



Tudo na verdade reinava na mais absoluta ordem e disciplina. Fomos equipados com aparelhos que nos facilitavam a locomoção na Crosta. Os conselhos intermináveis de Ofélia e as recomendações de Etelvina enchiam-nos o espírito de nobre respeito pela tarefa que levaríamos a efeito. A surpresa, no entanto, estava para vir. Imaginávamos retornar à Terra volitando, ou, quem sabe, deslizando sobre alguma ponte, semelhante à que utilizávamos para ir ao Vale das Sombras. Não foi assim.

Fomos convidados a sair para imenso pátio, vizinho ao conjunto de prédios que formava o posto de socorro espiritual, todo envolto por majestosas árvores, que não havíamos percebido antes.

Dirigimo-nos para o local indicado, na companhia de Ofélia e Etelvina. Ao chegarmos, parei de supetão, estarrecido, ouvindo a explicação de Etelvina:

— Para as viagens à Crosta, muitas vezes utilizamos aparelhos voadores; não se assuste, não é nenhum OVNI. Nos planos da imensidade, também desenvolvemos tecnologia para a locomoção de nossos tarefeiros.



— Mas isso não é um disco voador? — perguntei. — Afinal, assemelha-se muito às descrições feitas na Terra por quantos dizem ter entrado em contato com seres extraterrestres...

— Vamos com calma, Frank — falou Ofélia. Na realidade isso não é nenhum disco voador, mas um veículo de socorro, repleto de recursos da técnica sideral, que, como tantos outros, estão a serviço das falanges do bem. Nós os utilizamos toda vez que visitamos a Crosta, quando é necessário reserva de nossas energias anímicas para outras tarefas. No entanto, não somos seres extraterrestres, mas extrafísicos, ou seja, vivemos além das fronteiras vibratórias da esfera carnal. A ciência espiritual conta com amplos progressos em todas as áreas, estando anos à frente da ciência terrena.

— Então, os chamados discos voadores avistados na Terra não são outra coisa senão...

— Não sejamos tão radicais, meu amigo — interrompeu-me Etelvina. Com certeza, muitos na Terra avistam os nossos comboios ou nossas naves em missão de assistência espiritual e as identificam como de origem extraterrestre. No entanto, não queremos afirmar que seja sempre assim...



A um sinal de Ofélia, dirigimo-nos para o interior do veículo, que, por dentro, mais parecia uma ambulância, tais os equipamentos que adornavam o seu interior. Macas e aparelhos semelhantes aos utilizados pela medicina terrestre eram a maioria dos equipamentos que encontramos dentro do veículo ou aeróbus, como queiram chamá-lo.

Dois companheiros da nossa dimensão estavam a postos fazendo ajustes necessários. Fiquei verdadeiramente deslumbrado, espantado...

— Não esquente a cabeça, Frank — falou Anatólio. — Eu, na verdade, já fiz alguma excursão num destes. Acontece que são estruturados com a matéria do plano astral e exclusivamente para tarefas desse tipo. Não dá para sair por aí brincando de ET.

Anatólio e eu rimo-nos, pois parecia que eu havia pensado alto.

Após a curiosidade satisfeita, fizemos breve rogativa ao Alto e partimos rumo à Crosta. A paisagem que se desdobrava ante nossa visão era cinzenta, e nuvens grossas e escuras eram varridas pela passagem do veículo, que, em velocidade alucinante, dirigia-se para a morada dos homens.



Atravessamos as fronteiras vibratórias entre os dois planos e pairamos sobre a cidade que ficava logo abaixo de nós. Já era noite, mais ou menos 20 horas, quando o veículo dirigiu-se à periferia da metrópole. Pousamos nas proximidades de um jardim, na praça central do bairro. Admirei-me da velocidade com que cruzamos o espaço vibratório, nas regiões inferiores do umbral, até chegarmos à Crosta. Talvez seja esta uma das facilidades deste veículo utilizado por nós: impedir as investidas das trevas através de seus potentes recursos magnéticos, facilitando-nos as tarefas do bem.

Fomos recebidos por habitantes do nosso plano, espíritos que já nos esperavam para conduzir-nos ao endereço para o qual nos dirigíamos.

Através de rápida volitação, atingimos a área central da cidade, que, naquela hora, preparava-se para a intensidade da vida noturna. Chegamos ao pequeno apartamento; ao adentrarmos, presenciamos a seguinte conversação:

— Estou muito preocupada com as amizades de Carlinhos — falou uma senhora sexagenária. — Imagine que, a estas horas, ele já saiu para se encontrar com os colegas, e só Deus sabe como e quando voltará.



— Não é falta de conselhos, mamãe — respondeu outra senhora, de porte nobre, porém mais nova. — Na semana passada ele saiu de casa na sexta-feira e só retornou na segunda, à noite. Até mesmo o seu vocabulário se modificou; anda dizendo umas palavras estranhas, de difícil entendimento.

— O que mais me preocupa é o estado íntimo dele — retornou a velhinha. Não reconheço mais aquele neto carinhoso de tempos atrás, preocupado com o trabalho e a família; ele agora está noutra, como me disse hoje, pela manhã.

A conversa prosseguia por aí, quando Ofélia resolveu intervir, procurando o paradeiro de Carlinhos. Através de pequeno aparelho, começou a fazer movimentos no ar, auxiliada por Etelvina.

— O que estão fazendo com este aparelho? — perguntou Ceres, curiosa.

Andando pelo apartamento e acompanhando Ofélia com o aparelho na mão, Etelvina respondeu:

— Estamos detectando os resíduos magnéticos de Carlos. Como as duas companheiras não sabem para onde ele foi, este aparelho facilita-nos a localização através das radiações residuais que impregnam a atmosfera do ambiente onde ele esteve. Depois é só seguirmos. Funciona como um rastreador psíquico.

— Não há perigo de as radiações magnéticas se confundirem com as dos outros encarnados? — perguntei curioso.

— Absolutamente — respondeu Ofélia. — Cada espírito emite partículas mentais impregnadas do próprio magnetismo. Esse magnetismo tem características únicas, ou seja, é como a impressão digital, não existindo dois espíritos que as tenha iguais. Podem existir semelhantes, não iguais.

— Dessa forma... — comecei a falar, sendo logo interrompido por Etelvina.

— Dessa forma, cada um traz em si um padrão magnético único, que vibra conforme o posicionamento íntimo de cada ser. O pequeno aparelho baseia o seu funcionamento nesta realidade.

Terminada a explicação, saímos do apartamento, tendo Ofélia à frente, com a mão estendida, portando o objeto, que emitia um pequeno barulho, guiando-nos para onde estava Carlinhos.



Dois espíritos que conosco estavam ficaram no apartamento prestando auxílio aos familiares de Carlos, conforme deliberação do Alto.

Prosseguimos com a nossa caravana até chegarmos a movimentada região da cidade, mais especificamente a uma casa de diversão, uma sauna. Era para onde nos conduziam as radiações magnéticas de Carlos.

Antes de entrar, paramos por um momento à porta do estabelecimento para ligeira prece.

Aquele ambiente me era familiar, pois,

quando encarnado, frequentara alguns lugares semelhantes, com o objetivo de me divertir com os amigos. Agora, no entanto, voltara na condição de desencarnado, e a minha visão das coisas era outra.

Logo na entrada, perto da escadaria que dava para a recepção do lugar, avistamos algumas entidades seminuas, arrastando-se para entrarem no casarão onde funcionavam as termas. Parecia que deslizavam, escorregando escada abaixo, sem conseguirem chegar à portaria. Dois encarnados passaram por nós, acompanhados de espíritos que não nos registraram a presença. Riam tão alto que, de certa forma, nos incomodavam. Quando adentraram a casa, pudemos observar a vegetação que compunha o jardim. Pelo aspecto físico, o dono da casa tinha bom gosto, por tratar as trepadeiras e samambaias com esmero. Todas as plantas eram bem cuidadas. Mas víamos também o outro lado da realidade.

Saindo pelas frestas da porta e aberturas das janelas, enxames de larvas astrais escorriam até as plantas, nas folhas e em algumas flores. Víamos montes desses parasitas, grudados na contraparte astral dos vegetais.

Eram absorvidos por eles e passavam a circular na seiva das plantas, sendo descarregados na terra, através das raízes, conforme explicou-nos Ofélia:

— Essas plantas funcionam como exaustores naturais, sugando do ambiente os miasmas deletérios. À feição de para-raios, canalizam-nos para a terra, onde são absorvidos pela força magnética, a energia telúrica, que os destrói. Os homens deveriam valorizar mais os seres do reino vegetal. São abençoados servidores, na inconsciência de suas existências.

Nas gramas e outras plantas que enfeitavam o jardim, as larvas faziam a festa. Pareciam grudadas nas folhas e nos caules dos vegetais. Eram logo absorvidas. Esse era o processo natural de limpeza ambiental.



Quando o homem enfeita a sua residência com plantas decorativas, mesmo sem ter consciência do fato, acaba se beneficiando com a presença delas. Servem de higienizadoras do psiquismo local, já que mais facilmente absorvem os resíduos depositados na atmosfera e os despejam, por ação mecânica e natural, no interior da terra, onde essas cargas mentais tóxicas são destruídas pelo magnetismo primário do planeta.

Adentramos o ambiente de lazer e diversão e deparamos com enorme sala, onde, estendidos sobre espreguiçadeiras, vários homens começavam conversação animada. Estavam todos envoltos em toalhas de cor verde, da cintura para baixo, conservando o restante do corpo nu. Assentados em bancos altos, num *scotch-bar*, três rapazes tomavam um aperitivo, sendo que um deles era o alvo de nossas atenções. Em porta lateral, ao lado de amplas escadas, saía grande quantidade de vapores, indicando a direção da sauna. Algumas entidades do nosso lado estavam grudadas em seus companheiros encarnados ou aspirando suas emanações etílicas, inspirando-lhes pensamentos e atos inconfessáveis, tornando a conversação muito picante, pelo que convinha não demorarmos naquele lugar. Quando encarnado, eu visitara muitas casas como estas; no entanto, somente agora é que podia ter uma visão real da situação. Para mim era constrangedor, pois todos da nossa equipe certamente sabiam que no passado eu participara de igual embriaguez dos sentidos. Agora, a minha presença neste lugar era sem dúvida alguma a oportunidade de reeducação do meu espírito ainda afeiçoado, por natural afinidade, às coisas terrenas. Penoso esforço eu tinha que realizar para não entrar na faixa de sintonia em que estavam todos os encarnados ali. Os espíritos de nossa equipe de servidores olhavam-me como a transmitir energias novas. Senti-me balouçando entre as duas situações antagônicas. Envergonhei-me.

— Recorramos à prece íntima — falou Anatólio.

Fechei os olhos e, numa ligeira introspecção, reclamei forças ao Alto. Ondas de energia suavizante percorreram-me o corpo espiritual, transmitindo-me intensa paz. Abri os olhos já senhor de mim mesmo e encontrei o olhar de Ofélia irradiante. Sorri. Senti haver passado num teste. Era hora de trabalhar. Carlos, nesse ínterim, dirigiu-se com mais dois amigos para dentro do forno de vapor.



— Precisamos tirá-lo daqui imediatamente — falou Ofélia, decidida. — Creio que é hora de você entrar em ação, Franklim.

Abalei-me, ao ouvir Ofélia. Como eu poderia ajudar? Era apenas um aprendiz, que tateava rumo às primeiras experiências.

— No trabalho do bem, utilizamos os

companheiros de acordo com as afinidades — prosseguiu Ofélia. — Ninguém melhor do que você conhece este lugar; portanto, é a você que compete nos guiar aqui dentro.

Fiquei animado com o voto de confiança, mas, realmente, sentia-me muito aquém da tarefa.

Enquanto falávamos, alguém abriu a porta do forno, e imensa quantidade de vapor encheu o cômodo onde nos encontrávamos. Junto ao vapor, imensa quantidade de matéria pútrida era lançada no ar. Em sua aparência, assemelhava-se a teia de aranha de cor escura, que era logo absorvida através da respiração por aqueles que frequentavam o lugar.



— Essas criações mentais — falou Etelvina —, ao serem absorvidas pelos nossos irmãos encarnados, aderem à intimidade do seu corpo espiritual, principalmente à região genésica e ao longo do sistema nervoso central. Como sanguessugas, sugam-lhes as energias, em processo simbiótico, esgotando-lhes as reservas sagradas de vitalidade. Com a sintonia mental, sua atuação é intensificada, e permanecem por longo tempo em sua nefasta influência sobre os organismos dos nossos irmãos encarnados.

No piso de cerâmica do casarão, matéria lamacenta do plano astral escorria por todos os lados, aderindo aos pés daqueles que ali estavam, mas apenas nós víamos tal cena. Os encarnados nada percebiam. Ofélia apressou-nos:

— Anatólio e Franklim entrarão na sala de vapor e tirarão Carlos de lá. Nós ficaremos aqui, dando-lhes o apoio necessário.

— Como faremos para tirá-lo de lá? Será porventura o Carlos algum médium para nos registrar a sugestão? — perguntei a Ofélia.

— Não utilizaremos um recurso tão sutil como o da sugestão intuitiva. Precisamos tirá-lo não somente da sala de vapores, mas também do prédio. Carlos corre sério perigo, inclusive de abreviar o seu tempo no corpo físico, contraindo o vírus HIV. Não faz parte do programa reencarnatório dele que tal coisa aconteça. Portanto, utilizaremos recursos mais drásticos. Carlos já absorveu muita matéria mental tóxica neste ambiente. É necessário fazermos um trabalho benfeito, propiciando ao mesmo tempo o seu afastamento do local e um tratamento desintoxicante, nos níveis físico e perispiritual.

Quando Ofélia terminou, ensinou-nos

como proceder para causar uma determinada reação no organismo físico de Carlos, que o obrigasse a sair do lugar imediatamente. Entramos na câmara de vapor e logo localizamos Carlos deitado, em conversa animada com alguns companheiros.

— Não demoremos — falou Anatólio.

Senti naquele momento uma tal responsabilidade na maneira de Anatólio falar que sinceramente não o reconheci. Não pareceu aquele amigo descontraído que encontrei do lado de cá da vida. Afigurou-se-me alguém mais maduro e experiente na vida espiritual.



— Não podemos divagar, Frank. Faça o que tem de fazer.

Encurvei-me sobre Carlos e encostei a minha boca em seu plexo solar, como ensinou Ofélia. Após aspirar com intensa força, soprei imediatamente com igual intensidade, retirando-me em seguida. A reação foi imediata. Contorcendo-se em espasmos, Carlos lançou de si golfadas de líquidos e massas que ingerira anteriormente, causando intenso burburinho lá dentro. Juntamente com o vômito repentino, acometeu-o uma diarreia imprevista, que o obrigou a sair correndo do vapor e procurar o sanitário, acompanhado de colegas que faziam tudo para amenizar-lhe o mal súbito.

Saímos de dentro do vapor e encontramos Ofélia sorrindo, no salão de espera do prédio.

— Não precisava exagerar, Frank — falou-me, sorrindo ainda. — No entanto, atendeu a necessidade do momento.

— Errei na dosagem? — perguntei.

— Os efeitos foram melhores do que o esperado — falou Etelvina. Carlos agora será obrigado a voltar para casa, e acredito que por uns dias ficará acamado. É hora de irmos para o lar de Carlos. Lá faremos o que for necessário.



DIRIGIMO-NOS para a casa do nosso pupilo, e Ofélia foi logo tratando de inspirar sua avó para as devidas providências, assim que ele chegasse em casa.

Não se passaram 40 minutos, e os amigos de Carlos chegaram com ele, causando espanto nos familiares sua repentina doença. Mas a avó, intuída por Ofélia, pensava consigo mesma:

— Doença abençoada; parece até que foi mandada por Deus. Eu sabia que algo iria acontecer. Meu Carlinhos corria perigo. Só assim ele pode ficar bem.

Com os cuidados da família, ele foi colocado no leito, e, assim que ficou acomodado, Ofélia prosseguiu em seu trabalho. Impôs as mãos sobre Carlos e, através de passes longitudinais rápidos, tratou de ministrar-lhe alguma energia, que logo faria o seu efeito. Profundo abatimento o invadiu de imediato, suas forças fraquejaram, causando apreensão em sua mãe, que logo providenciou para que fosse hospitalizado. Lá chegando, o médico, não tendo encontrado a causa do seu mal, estava pensando em deixá-lo voltar para casa; Etelvina interveio, magnetizando o córtex cerebral de Carlos, e ele foi ao chão desmaiado.

— Não o queremos em casa. É necessário que fique internado por uns dias, período em que o traremos ao nosso plano todas as noites, em desdobramento, e procederemos ao tratamento necessário ao seu corpo espiritual, ao mesmo tempo em que o orientaremos em algumas questões morais. Por ora, ele precisa ficar internado; o repouso proporcionar-lhe-á momentos de meditação, que lhe serão imensamente benéficos.

Após falar, Ofélia passou a atuar no médico, sugerindo-lhe o internamento de Carlos, bem como determinada dieta desintoxicante, à base de muito líquido.

Apesar da apreensão dos familiares, ele foi se recuperando gradualmente, à medida que Ofélia e Etelvina permitiam e que as tarefas noturnas, através do desdobramento, faziam o efeito desejado.

Providenciamos para que, em dias de visitas, Carlos não recebesse nenhum de seus antigos companheiros de farras, tarefa que ficou a meu cargo e a cargo de Anatólio. Da mesma forma, induzimos dois companheiros encarnados a entrarem no quarto de Carlos por acaso e, depois de alegre conversação, lhe ofertarem um livro despretensioso e nosso velho conhecido, *O Evangelho segundo o espiritismo*.



Agora o tratamento do nosso amigo seria completo. Enquanto os médicos não encontravam a causa para a doença dele, a sua recuperação moral era notória. Certa vez, através do desprendimento, conseguiu avistar o nosso grupo em determinada atividade deste lado da vida. Quando voltou ao corpo físico pela manhã, comentou com a avó:

— Sabe, vovó, ultimamente estou sonhando com um grupo de gente desconhecida. Parece que estão sempre ao meu lado, falando alguma coisa; não consigo lembrar com detalhes, mas me sinto muito bem.

— Quem sabe, meu neto, não são os anjos de Deus, os amigos de Jesus, que ouviram as nossas humildes preces? — falou a avó, amorosa.

— É, quem sabe? — respondeu Carlos, reticencioso.



Rimo-nos felizes pela recuperação de Carlos. Naturalmente, seu nome foi trocado para evitar identificações desnecessárias. Visitando-o em algumas ocasiões, pudemos, com contentamento, verificar que hoje ele está integrado às atividades socorristas de uma casa espírita como excelente médium passista, trabalhando por sua renovação íntima. Prossegue o nosso companheiro trabalhando e se lembrando de seus antigos amigos, em suas preces, pedindo aos "amigos de Jesus" que os ajudem a "sair dessa". Nossa equipe, agradecida pela bênção do Mestre, continua as suas atividades, auxiliando quanto pode para evitar que alguém desavisado ou sem necessidade cármica contraia o temido vírus HIV. Junto àqueles que contraíram a aids, continuamos os nossos esforços, rogando ao Pai amado envie recursos e trabalhadores para auxiliarmos em seu nome.

*— Pode o homem achar nos Espíritos*
*eficaz assistência para triunfar de suas paixões?*
*— Se o pedir a Deus e ao seu bom gênio,*
*com sinceridade, os bons Espíritos*
*lhe virão certamente em auxílio,*
*porquanto é essa a missão deles.*

*O livro dos espíritos*, item 910[14]

[14] Ibidem, p. 510.

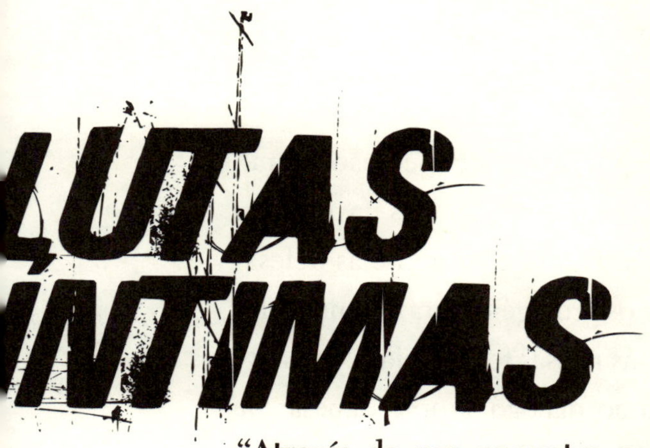

# Lutas íntimas

**"Através de um encontro matinal, começou o que seria o teste de Carlos."**

— Bom dia, garoto, como vai? Parece que se esqueceu dos amigos...



— Bom dia, Randolfo! Que bom vê-lo tão bem — falou Carlos. Não que eu tenha esquecido, mas ando tão ocupado ultimamente com os estudos que se torna difícil encontrar um tempinho, sabe como é, não?

— Depois daquele dia que você passou mal lá, na sauna, nunca mais o vi. Que tal me fazer uma visita? A gente sente saudades, viu?

Assim, inocentemente, como às vezes pode parecer, as sombras tentam fazer-nos presas de seu reino tenebroso. Através de um encontro matinal, começou o que seria o teste de Carlos, após a sua recuperação moral. Muitas vezes, as circunstâncias favorecem as investidas das trevas, e somente as defesas morais é que nos protegem para alcançarmos a vitória sobre as nossas tendências.

Em meio ao diálogo simples, apesar de sua permanência em zonas mentais mais altas, foi convidado pelo antigo companheiro de divertimento a tomar um lanche, ao que aceitou boamente, sem ver nisso nenhum mal.

O antigo amigo de farras, notando que Carlos mudara radicalmente de posicionamento íntimo, pois podia notar, pela conversação, algo diferente, mudou imediatamente de tática ao abordá-lo, tentando influenciá-lo.



Um companheiro do nosso plano, entretanto, permanecia constantemente ao lado de Carlos, após a sua decisão de estudar e vivenciar o espiritismo de Allan Kardec. Não para vigiá-lo, mas para protegê-lo e, em caso de necessidade, notificar-nos, para encaminharmos as providências necessárias à proteção do irmão encarnado.

— Você é tão jovem e acostumado à nossa farra, não sei como não sente saudades da nossa turma — falou Randolfo.

— Eu mudei muito, Randolfo. Agora

conheci o espiritismo, e isso me fez muito bem; aprendi muitas coisas novas e faço parte de um grupo de jovens que estuda os livros de Allan Kardec.

— Não me diga que virou beato? — ironizou Randolfo. Acho que mesmo que você se dedique ao espiritismo, como você gosta, isso não impede que apareça de vez em quando e visite os amigos. Divertir-se não é nenhum mal, e, afinal de contas, você é muito bonito e jovem, tem que aproveitar um pouco da vida; afinal, só se vive uma vez.

— Engana-se, meu amigo — falou Carlos. — Na doutrina espírita, nós aprendemos que a vida se compõe de múltiplas existências. A reencarnação é a lei de Deus que nos permite crescer e progredir indefinidamente. Aprendemos sempre. De minha parte, pretendo aproveitar ao máximo a oportunidade desta encarnação para melhorar mais.

— É, mas como você diz que temos mais de uma vida, bem que podia aproveitar um pouco desta, e, na outra, você se dedicaria mais. Não precisa abandonar o espiritismo, afinal você se encontrou nessa doutrina; mas, se tem a eternidade pela frente, por que tem que fazer tudo de uma vez? Por que não melhorar um pouco nesta vida, e depois continuar na outra? Não é assim que você acredita? Aproveite o tempo para se divertir também. Conheço tanta gente que faz assim... — argumentou Randolfo novamente.

— Meu caro, vejo que você é muito perspicaz, mas eu prefiro começar certo. Nada de deixar para depois, para outra encarnação. Afinal, não sei há quanto tempo venho adiando. E, se assim pensar e agir, nunca começarei a minha mudança ou crescimento, pois adiaria sempre para outra encarnação e depois para mais outra, indefinidamente. No final, eu ficaria aproveitando a vida sem aproveitar o meu tempo, espiritualmente falando.



Assim tentava Carlos contra-argumentar, segundo os conhecimentos que havia adquirido nas lições do espiritismo. Randolfo, por todos os meios, procurava dissuadi-lo; como não conseguiu, resolveu deixar para depois outra tentativa. Despediu-se, deixando o nosso amigo entregue aos seus pensamentos de caráter novo.

Como toda semente lançada começa a germinar mais cedo ou mais tarde, as ideias que Randolfo lançara começaram a produzir um certo estado de inquietação no íntimo de Carlos, como se o incomodassem em alguma coisa. Cogitava algumas ideias que Randolfo tentara imiscuir em seus pensamentos.

— Não terá Randolfo razão ao falar que sou jovem e deveria aproveitar o meu tempo? Afinal, são tantos amigos que estão curtindo a vida... Talvez eu conseguisse conciliar as duas coisas, a minha dedicação ao espiritismo e a minha vida social com meus antigos amigos. Que mal faria me divertir de vez em quando, ir a um barzinho ou a uma boate com os amigos? Sou ainda jovem. Será que estou ficando fanático?



Esses pensamentos começaram a se desenvolver na mente de Carlos. O companheiro espiritual de nosso plano que o auxiliava tratou de entrar em contato com nossa equipe, pedindo instruções a respeito de como proceder, já que nós havíamos iniciado o atendimento do processo.

Desta vez, no entanto, devido às atividades desenvolvidas pelos nossos companheiros, encontrávamo-nos mais próximos, na Crosta, apenas Etelvina e eu; os outros haviam se dirigido a outros postos de atividade e aprendizado.

Recorrendo à prece, dirigimo-nos para o lugar onde éramos requisitados pelo amigo espiritual.

— Agradeço a Deus que tenham vindo. Carlos encontrou-se com antigo amigo de diversões, que, por argumentos astutos, tentou persuadi-lo a voltar a antigos hábitos, aos quais não convém retornar. Como vocês iniciaram o processo de auxílio junto a ele, chamei-os para decidirmos como ajudar.

Assim o espírito amigo apresentou-nos o caso. Etelvina perguntou:



— Este amigo de Carlos de que você fala será o mesmo que encontramos conversando com ele, quando o localizamos pela primeira vez?

— Com certeza — respondeu o companheiro espiritual. — Trata-se do mesmo rapaz que conversava com ele na ocasião. Preocupa-me, ainda, o fato de que Randolfo não traz em si nenhum interesse por questões espirituais, e sua conduta de vida acha-se eivada de excessos de toda espécie, principalmente na área da sexualidade, que se apresenta sobremaneira descontrolada. Enquanto conversava com Carlos, procurei observar-lhe as irradiações e reflexos. Com certeza, não é o amigo mais recomendado para o nosso querido irmão.

A explicação do bondoso espírito não poderia ser mais completa. Pelo seu relato pudemos saber de detalhes da vida de Randolfo, o que logo nos facilitou a tarefa junto a Carlos, que trazia a mente cheia de pensamentos contraditórios. Etelvina pensou imediatamente num recurso de extrema eficácia para o caso: resolveu procurar o médium responsável pelos trabalhos da casa que Carlinhos frequentava.

Era hora do culto no lar na residência do médium Orestes, que reunia a família em torno do altar doméstico. O ambiente refletia as luzes do Plano Superior, e suave perfume impregnava a atmosfera espiritual, tornando aprazível a nossa permanência no local. Como eu ainda me encontrava em tratamento no plano espiritual e aquela tarefa em equipe era um bálsamo para as mazelas que trouxera da última experiência terrena, aproveitei o próprio ar impregnado de salutares irradiações. Durante a realização do culto cristão, respirei a longos haustos e pude usufruir das bênçãos daquele momento.



Espíritos amigos agrupavam-se em torno

da mesa doméstica em recolhimento íntimo, à espera do início das preces da noite. Um cordão de isolamento fora colocado em volta do lar de Orestes, impedindo a entrada de entidades mal-intencionadas, só se admitindo aquelas necessitadas e em real condição de receber ajuda através das leituras e vibrações da noite. Intensa movimentação se fazia em torno da mesa singela, onde a família iria se reunir para o culto do Evangelho no lar.

Após entendimento com o dirigente espiritual, Etelvina aproximou-se da mesa, aguardando igualmente o início do culto.



Iniciou-se a reunião com uma prece sentida, pronunciada pela filha mais nova do casal Orestes, seguindo-se então o comentário da página do Evangelho, que falava do Consolador prometido. Do peito de Orestes partia suave vibração de coloração lilás, que, intensificada pela ação de Gerônimo, o guia espiritual do médium, atingia os espíritos necessitados ali presentes, incluindo-me entre eles, produzindo alívio para seus possíveis sofrimentos e clareza de raciocínio para entenderem as explicações e comentários referentes ao texto do Evangelho. Raríssimas vezes eu pude presenciar um fenômeno de tão grande beleza como aquele espetáculo de luzes e cores que irradiavam de cada componente da reunião.

Quando todos se preparavam para as vibrações da noite, Etelvina aproximou-se do pequeno grupo, enquanto Gerônimo aplicava passes magnéticos em Orestes, procurando sensibilizá-lo.

Etelvina deve ter se manifestado à visão espiritual do médium como uma madona semelhante àquelas retratadas por Da Vinci, pois permanecia envolta em suave luminosidade, que lhe conferia a aparência de uma santa.



— Querido irmão — falou Etelvina a Orestes. — Aproveitando o recurso divino que se faz presente através do culto doméstico, vimos pedir-lhe a caridade de incluir em suas preces e vibrações a pessoa do nosso querido Carlos, que necessita urgentemente de auxílio. Carecemos do concurso do companheiro, e, mais ainda, é urgente que convide o nosso irmão para integrar-se à equipe de seu lar, na realização do culto cristão.

— Minha irmã — respondeu Orestes mentalmente —, conhecemos o nosso irmão, e tudo faremos para auxiliá-lo.

Despedindo-se de Orestes, Etelvina agradeceu a Gerônimo, o seu guia espiritual, pelo concurso generoso.

Durante as vibrações, quando pronunciado o nome de Carlos, intensa luz saiu do peito de cada um da família de Orestes. Com o auxílio de Gerônimo e Etelvina, foram manipuladas por recursos difíceis de descrever. Assemelhavam-se a um cometa as energias criadas pelas vibrações dos irmãos encarnados. Ao terminarem os trabalhos, elas foram canalizadas para o nosso querido Carlos, produzindo nele efeito de intensa tranquilidade.



As energias que foram endereçadas ao nosso irmão o envolveram de tal forma a produzir um estado íntimo de espiritualização, que o levou a tomar o exemplar de *O livro dos espíritos* e abrir ao acaso, lendo a questão 919, em que o espírito Santo Agostinho convida para uma reflexão sobre as realizações pessoais.

Iluminou-se a mente de Carlos sob o influxo das vibrações espirituais. Entrando em sintonia com as ondas mentais recebidas, ao ler as páginas onde abriu o livro, pôde captar as instruções que lhe eram transmitidas pelos mensageiros do bem. Enriquecido, assim, com o envolvimento de suaves irradiações, Carlos foi compelido a orar:

— Senhor da vida, amigos espirituais, sei que me amparam em nome de Deus, mas, enfrentando sérias dificuldades, devido ao meu passado recente e aos impulsos descontrolados de minha sexualidade, venho implorar socorro. Forças do bem, mensageiros da esperança, transmiti para mim as energias necessárias para que eu tenha resistência espiritual. Abençoai a Randolfo, Senhor. Iluminai-lhe o espírito para que compreenda a minha posição e fortalecei-me para não sucumbir aos apelos da carne. Socorrei-me...



Torrentes de luz dourada desciam abundantes sobre Carlos, uma vez que se achava em sintonia com a fonte superior de todo o bem. Os benefícios da prece, aliados às vibrações de Orestes, e a presença espiritual superior, que fora enviada para promover a segurança e o progresso de Carlos, produziram o efeito desejado.

Fios mentais tênues que o ligavam a antigos companheiros e ao modo de vida que levara foram então rompidos pela influência do espírito amigo que o assistia. Miasmas mentais e parasitas astrais, remanescentes do seu comportamento anterior, foram dispersos na atmosfera pelo magnetismo do bondoso guia de Carlos. O rapaz, renovado em suas forças, foi para o leito naquela noite envolto nas suaves e amorosas vibrações do seu protetor espiritual.

Nesses casos, quando se deseja realmente se libertar das garras da viciação infeliz, o Alto promove recursos para o amparo e a assistência a qualquer ser que apele para a divina bondade. No entanto, nem sempre o queremos. Nem sempre o desejamos. Muitos dizem que querem se reformar moralmente, mas desejam intensamente cair em tentação, por se conservarem invariavelmente retidos nos antigos hábitos. É que ainda não despertaram para a realidade espiritual, conservando-se entre duas posições antagônicas. Vivem o inferno interior, desgostosos, descontentes consigo mesmos, nunca satisfeitos, esperando que algum acontecimento sobrenatural modifique-lhes o íntimo. São aliados à ideia do menor esforço.

Carlos permanece, para mim, como exemplo de renovação, de força de vontade. Ainda hoje é assediado por Randolfo; no entanto, movido por uma convicção inabalável, permanece firme no propósito de crescer e continua palmilhando o caminho do bem, orientado pelo espiritismo.

Até hoje a nossa equipe visita Carlos em suas atividades, e sempre que possível estamos presentes. No entanto, devido às minhas necessidades de tratamento, tento ampliar ainda mais o trabalho no bem, em outras atividades. Afinal, aqui, deste lado da vida, o trabalho constante é o maior remédio para qualquer doença, seja aids, câncer ou qualquer outra, pois sabemos que a fonte dos males está em nós mesmos. É através das atividades socorristas que aprendemos que é possível modificar o íntimo, as antigas tendências, substituindo os defeitos e vícios por virtudes que promoverão a saúde integral de nossas almas.

# CAP 12

*— Os Espíritos que procuram atrair-nos*
*para o mal se limitam a aproveitar as circunstâncias*
*em que nos achamos, ou podem também criá-las?*
*— Aproveitam as circunstâncias ocorrentes,*
*mas também costumam criá-las, impelindo-vos,*
*mau grado vosso, para aquilo que cobiçais.*

*O livro dos espíritos*, item 472[15]

[15] Ibidem, p. 310.

# UM PROCESSO DE OBSESSÃO

**“Mas nós os abandonaremos ao poder das sombras? Não interviremos para protegê-los?”**



APÓS RESOLVER o caso de Carlos, sabendo que ele já se firmara no propósito nobre de se reformar, seguindo a causa do Mestre e abandonando as inclinações para o desregramento em que quase se instalara, gerando um processo obsessivo, resolvemos observar o comportamento de Randolfo, visando tirar algum proveito para o nosso aprendizado.

Munido da minha habitual caderneta de anotações e acompanhado por um espírito amigo, seguimos com o nosso rastreador psíquico as vibrações que Randolfo deixara após si, impregnadas no ambiente onde estivera com Carlos anteriormente. Encontramo-lo em casa de um companheiro de farras, deitado sobre almofadas, conversando sobre assuntos triviais, mas a conversação mostrava a tendência de decair para a pornografia e assuntos similares. Ao nos aproximarmos da residência, que ficava em bairro distante da região central, observamos a presença de várias entidades desocupadas, bem como de outras com propósitos nada confessáveis. No interior da casa, o barulho ensurdecedor da música tornava o ambiente nada aprazível. Dois rapazes dançavam fazendo gestos sensuais, atraindo mais espíritos vadios, que tinham afinidade com tais atitudes. Era um grupo de jovens que traziam algo em comum no que se refere ao abuso no exercício das funções sexuais, e a conversa girava em torno da temática da homossexualidade, conforme era do gosto daqueles que estavam na casa.



— É necessário que mantenhamos o clima psíquico em sintonia com os planos superiores, falou Etelvina. Evitemos sintonizar com o tema das conversações e prestemos atenção aos fatos que se desenrolam ante nossa visão espiritual.

A conversa entre Randolfo e seus amigos começou a entrar em clima menos elevado, despertando a vontade deles para as questões da libido, oportunidade em que dariam vazão aos impulsos mais grosseiros da carne.

Observando o perigo das vibrações emitidas, saímos do interior e nos postamos no portão de entrada, fazendo as devidas anotações. Foi ainda Etelvina quem falou:

— Observe as companhias espirituais dos nossos irmãos encarnados...

Um grupo de nove entidades, em completo despudor, passou por nós sem nos registrar a presença, seminuas, algumas exibindo os órgãos sexuais, tendo a faixa mental sintonizada com os encarnados que estavam dentro da casa. A despreocupação com o teor das palavras era completa, chegando a um clima de total licenciosidade e desrespeito.



Presenciei então algo singular, verdadeiramente sombrio.

Três espíritos vestidos de indumentárias vermelhas, capuz sobre a cabeça, passaram por nós em direção ao interior da casa. Traziam a tiracolo objetos semelhantes a caixas de formato retangular, presas por alças e contendo em seu interior vários frascos, semelhantes a tubos de ensaio, cujo conteúdo não pudemos identificar no momento.

Amarrado a uma corrente, seguia à frente deles um animal que se assemelhava a um lobo feroz, conforme havia visto uma vez, num zoológico na Terra.

Seguimo-los em direção à casa para ver o que se passava.

Ao adentrarem, instalaram-se num canto da sala, colocando sobre a mesa os tubos, que variavam de tamanho e espessura. Um deles dirigiu-se para o quarto onde estavam os rapazes em completa embriaguez dos sentidos, influenciando especificamente Randolfo com forte magnetismo.



Assustado, corri em direção a ele e comecei a aplicar-lhe passes, na esperança de que reagisse à artimanha do obsessor.

Etelvina logo interferiu:

— Inútil qualquer esforço, meu amigo; esses coitados assimilam por sintonia as vibrações de entidades sombrias e por isso mesmo conservam-se deliberadamente distantes de qualquer auxílio.

— Mas nós os abandonaremos ao poder das sombras? Não interviremos para protegê-los?

— Caro Franklim, tudo tem a sua hora. No momento, nada podemos realizar. Eles semeiam, através da sensualidade e do despudor, o clima psíquico adequado para a investida das sombras. Mais tarde retornarão ao caminho do equilíbrio, através da dor e do sofrimento. Por enquanto, vibremos para que despertem dessa letargia espiritual.

Passei a observar apenas. Fazia, no entanto, as minhas anotações para posterior estudo.

Através de intenso magnetismo, olhar fixo sobre Randolfo, o ex-colega de Carlos, a entidade perversa logrou afastá-lo da turma e localizá-lo em cômodo diferente daquele, onde o induziu ao sono, deitado sobre a cama. A um sinal seu, aproximaram-se em completo silêncio as duas outras entidades, trazendo cada uma um frasco na mão. Abrindo um deles, o espírito tirou de dentro algo parecido com uma lagarta, envolvida numa matéria viscosa, que nos causava repugnância.

Fiquei de queixo caído, como se diz na Terra. Não sabia ser possível tal coisa e nem imaginava quão grande era a ação das trevas. A entidade perversa, demonstrando perfeita noção do que fazia, introduziu a larva, que media aproximadamente 10 centímetros, no reto de Randolfo, enquanto outra larva, em proporção maior, era fixada por outro espírito na região sexual, onde se firmou com minúsculas ventosas, segundo o desejo das entidades pérfidas.

Arregalei os olhos atônito, sendo logo socorrido por Ernestina:

— As larvas que são utilizadas neste processo infeliz têm por objetivo manter o constante desejo e a excitação sexual superior à normal. As criações mentais inferiores, a conversação menos elevada e os próprios atos desequilibrados promoverão o alimento para manter a vida das larvas astrais. O pobre Randolfo está entrando num processo de vampirismo, vítima de si mesmo. Os obsessores farão de tudo para aumentar o seu desejo sexual e o seu prazer físico, enquanto ele julga estar aproveitando a vida. Não se assuste, Franklim, casos como este acontecem aos milhares. Somente com a reforma íntima, a decisão inabalável de retornar ao caminho do equilíbrio é que podemos interferir. Resta-nos a possibilidade de auxiliá-lo através da prece.

— Mas e os obsessores, eles não se intimidam com a nossa presença?

— Na verdade, eles não conseguem nos

ver ou ouvir, embora, como nós, estejam desencarnados. Conservam-se em dimensão vibratória inferior. Passam por nós sem perceber-nos a presença. Estão quase materializados, pela sua posição de ódio e maldade.

As entidades das sombras riam gostosamente pelo sucesso do empreendimento macabro. Observavam Randolfo deitado sobre o leito, agora sob o domínio infeliz de suas maldades.

Nessas excursões sobre a Crosta, pude aprender a valorizar as oportunidades de elevação espiritual. Quando encarnado, muitos pensam poder aproveitar e gozar a vida através do abuso da sexualidade, das drogas, das bebidas e de outras formas desequilibradas de se divertirem. Não imaginam que criam assim vínculos com as entidades perversas, oferecendo matéria mental inferior como clima adequado para a ação desses espíritos infelizes, só mais tarde despertando agoniados nos braços vigorosos da dor e do sofrimento.

Randolfo levantou-se após um dos espíritos magnetizá-lo. Altamente excitado, dirigiu-se para onde estava a sua turma, para curtir a sua noite de emoções, embriagado nos prazeres e na viciação. Espíritos inferiores compartilhavam da volúpia dos encarnados, numa orgia demoníaca, que nos lembrava as descrições medievais do inferno pagão.

Ernestina e eu choramos de tristeza, ante o que presenciamos. As entidades do mal arrumaram o seu "material" e deixaram os jovens à mercê de outros espíritos levianos. A festinha estava a todo vapor: vapor de desequilíbrio e desregramento.

Partimos, após uma prece em que rogávamos a Deus a misericórdia para os seus filhos temporariamente desviados do caminho do bem. Não ousamos falar. Fiquei estarrecido com o que presenciara. Apenas meditava quanto podemos estar enganados quando encarnados, julgando curtir a nossa juventude física, através dos desvarios e loucuras, das paixões e dos vícios. Oxalá o Mestre possa abençoar estes companheiros com a dor e o sofrimento, anjos abençoados que nos fazem despertar para as realidades da Vida Maior, conduzindo-nos de volta para os braços de Jesus.



No meu caso em particular, a aids funcionou como o anjo da dor que me libertou das garras da viciação e do desequilíbrio moral. Talvez alguns estranhem por eu falar dessa forma, mas, após a jornada triste e sombria que realizei, quando encarnado, nas loucuras do desregramento, a doença realmente funcionou para mim como um freio, proporcionando-me oportunidade de rever meus passos na vida moral. E, graças à ajuda dos amigos espirituais, pude libertar a minha consciência do pesadelo do mal e do desequilíbrio.

*— Poderia sempre o homem, pelos seus esforços,*

*vencer as suas más inclinações?*

*— Sim, e, frequentemente,*

*fazendo esforços muito insignificantes.*

*O que lhe falta é a vontade.*

*Ah! quão poucos dentre vós fazem esforços!*

*O livro dos espíritos*, item 909[16]

[16] Ibidem, p. 510.

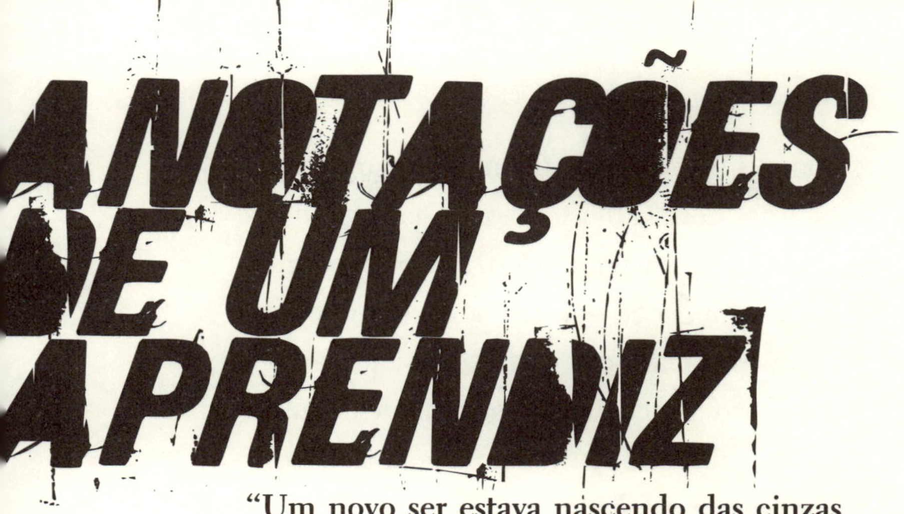

# Anotações de um aprendiz

**“Um novo ser estava nascendo das cinzas do meu passado.”**



Estava ainda pensativo quanto aos acontecimentos a respeito de Randolfo quando nos dirigimos para o nosso acampamento, onde ficara o veículo que nos transportara para a Crosta. Profundas modificações se operaram em meu espírito. Novas perspectivas se desdobravam ante o meu futuro, como espírito imortal. Na verdade, quando nos dispomos a aprender trabalhando, a experiência fixa-se bem mais em nosso íntimo, deixando-nos mais preparados ante os acontecimentos da vida.

As atividades na Crosta foram de tal forma proveitosas que me sentia deveras revigorado, enquanto as tarefas realizadas serviam como um verdadeiro tratamento para o meu espírito. O trabalho funcionou para mim como uma cirurgia moral, em que o homem velho dava lugar ao homem novo. Um novo ser estava nascendo das cinzas do meu passado. Um novo ideal desdobrava-se diante de mim.

Quebrando o silêncio reinante, resolvi perguntar a Etelvina:

— Todos os casos relativos à homossexualidade se passam da mesma forma, ou seja, com influência pertinaz de espíritos trevosos?



— Não podemos generalizar a situação, meu amigo. Dizer que todo caso se passa de igual maneira seria precipitação de nossa parte. Examinamos apenas superficialmente uma única experiência. Certamente os dramas vividos nessa área questionável do comportamento humano são por demais variados para que se lhes compreenda de pronto. Necessária se faz uma incursão no passado dos protagonistas dessa história cheia de equívocos e dores, para apreender-lhe as causas e consequências.

— O que ensinam os espíritos superiores a respeito da homossexualidade? Será uma opção do espírito? — tornei a perguntar.

— Na realidade, nós fazemos opções constantemente em nossas vidas. Quando temos determinado comportamento, seja equilibrado ou não, refletimos um posicionamento íntimo que traduz certa opção. Vendo por esse ângulo, a opção dos companheiros que estagiam com dificuldade na área da sexualidade realizou-se muitas vezes no passado, em outras existências, quando semearam o desequilíbrio no campo das emoções e dos sentimentos, fazendo-se devedores da divina lei. Uma vez localizados em nova vestimenta física, através da reencarnação, apenas deixam transparecer nos atos aquilo que já têm na consciência. A reencarnação funciona nesses, como em outros casos, como oportunidade de reeducação para quantos de nós temos nos desviado dos caminhos do equilíbrio e do bem.



"O que nos ensinam os espíritos superiores, no entanto, é que devemos proceder a um trabalho de reeducação da moralidade, uma verdadeira cirurgia do espírito, utilizando como instrumentos os ensinamentos do Evangelho de Jesus. Há que operar radicais transformações íntimas, modificar os hábitos, as condutas, as palavras, os pensamentos e a própria condição psicológica. Para isso a doutrina espírita oferece valiosa contribuição através das terapias desobsessivas, do passe e da fluidoterapia, bem como das diversas oportunidades de trabalho que oferece a todos que lhe abraçam os postulados sublimes.

"Os Imortais que nos dirigem dos planos mais altos não deram ainda a última palavra sobre o assunto, limitando-se a esclarecer-nos que, em qualquer situação, não devemos atirar as pedras da incompreensão ou da intolerância, mas abraçar a todos com o amor fraternal."



— Vê-se assim que ninguém nasce fadado a ser homossexual, não é assim? — tornei a perguntar, curioso.

— Nesse caso, o que geralmente acontece é que determinado espírito, enriquecido através de várias experiências em corpos de configuração feminina ou masculina, forme um arcabouço psicológico de acordo com a sexualidade vivida em várias encarnações. Vindo a necessidade evolutiva de mudança de sexo em nova reencarnação, o espírito retorna muitas vezes com a constituição morfológica de determinado sexo, porém com as características mentais ou psicológicas do sexo oposto, devido às suas vivências no passado. No entanto, essas características psicológicas não significam que se deva cair no desequilíbrio da sexualidade desregrada.

— Se essas características, como a irmã diz, não devem manifestar-se através da sexualidade desregrada, como então deve ser o comportamento daqueles que experimentam em si essas situações muitas vezes conflitantes?

— Vemos muitos exemplos de almas femininas em corpos masculinos, ou o contrário, que não caíram em desequilíbrio. É o caso de artistas, que desenvolvem a sensibilidade, poetas, músicos, médiuns e toda sorte de pessoas, em várias áreas da experiência reencarnatória, que desenvolvem o seu lado feminino, intuitivo, sensível, ou seu lado masculino, com suas aquisições do intelecto, da razão, continuando com a forma morfológica do sexo com que reencarnaram. A lei divina não favorece o desequilíbrio, mas o crescimento do espírito.



Com a resposta de Etelvina, fiquei algo pensativo, quanto às experiências equivocadas de milhares de criaturas humanas. Mas, de repente, veio-me uma interrogação, que não demorei a externar:

— E no caso de homossexuais que, uma vez conscientes de suas dificuldades, não conseguem se livrar imediatamente desse tipo de relacionamento, como proceder?

— A natureza não dá saltos, meu irmão, respondeu Etelvina. Se você está a caminho de posições cada vez mais amplas na escala evolutiva, comece pelo pouco e gradativamente chegará ao ideal proposto. Em outras palavras, como exemplo, se alguém sente em si a vontade de modificar o comportamento sexual, ou outra tendência que julgue oportuno mudar, comece selecionando os parceiros a que se dedica em seus relacionamentos. Se alguém tem vários parceiros, diminua, dedicando-se apenas a um, até que consiga o domínio total de seus impulsos e emoções. Se ainda encontra dificuldades para tal realização, diminua então os estímulos a tais impulsos, evitando oportunidades de dar vazão ao desequilíbrio, tais como frequência a cinemas, bares ou casas noturnas onde prevaleça esse tipo de comportamento que se deseja eliminar. Depois, já fortalecido, proceda à diminuição de parceiros sexuais, até que, algum dia, através do esforço próprio, possa conseguir o intento. Mas, em qualquer caso, não se deve esquecer o apoio espiritual, a participação em tarefas enobrecedoras, os recursos da terapia espiritual, e, para isso, a doutrina espírita oferece amplas possibilidades.

— Mas e quando se recorre à casa espírita em busca de oportunidade e de socorro e se encontra resistência, ao saberem que a pessoa é homossexual?

— Casa espírita é diferente de doutrina espírita. Nesses casos lamentáveis, deve-se procurar uma casa com a qual se tenha afinidade e onde reine o espírito de amor e fraternidade, conforme nos preceitua o divino Mestre. Não somos a favor daqueles que, discordando do comportamento alheio, apontam soluções consideradas infalíveis para a resolução da problemática de outrem, esquecendo-se dos esforços próprios para domar suas más tendências. Não nos esqueçamos, porém, de usar da boa vontade, dando oportunidade para que esses irmãos, como outros quaisquer, possam desenvolver atividades sociais e estudos na casa espírita, orientando-os conforme cada caso. O homossexualismo não é "o" problema; temos muitos outros desequilíbrios e desvios dos padrões de conduta que devemos reeducar, e não combater, como numa guerra. O melindre, a fofoca, as disposições antifraternais, o orgulho, o egoísmo são igualmente grandes empecilhos que, com facilidade, encontramos dentro de nós próprios e que, muitas vezes, podem ser grandes entraves à nossa evolução. Conhecemos pessoalmente casos em que companheiros portadores de dificuldades na área da sexualidade, mas que não desanimaram ante a necessidade de dar prosseguimento ao burilamento íntimo, são excelentes trabalhadores, em alguns casos superando aqueles que se julgam "corretos" e "donos da verdade". Tenhamos cuidado de, a pretexto de reformar os outros, não nos esquecermos de nós próprios.



— Qual deve ser então o comportamento da casa espírita para com aqueles que procuram os recursos que ela oferece, neste ou em outro caso?

— Vemos, muitas vezes, em situações semelhantes, o companheiro aportar com problemática complexa, na casa espírita, e logo ser taxado de obsidiado. Não resta dúvida de que os processos empregados na terapia desobsessiva são de grande utilidade no tratamento de problemas de diversas origens, quando de fundo espiritual. No entanto, vemos irmãos nossos necessitados, muitas vezes, de tratamento psicológico adequado, de uma simples orientação fraterna e da oportunidade de se tornarem úteis de alguma forma. O despreparo de irmãos que comungam o ideal espírita é verdadeiramente lamentável. Perdemos muitos companheiros que nos procuram por nossa falta de preparo no trato com os semelhantes.



"Em todo caso, seja sexo desregrado, alcoolismo ou outro problema qualquer, o que o ser humano precisa é de amor, de carinho, de Jesus. Quando não podemos ou não sabemos amar, vivenciando Jesus, inventamos fórmulas para solucionar os problemas dos outros, continuando com os nossos. Os recursos do passe, da água magnetizada, do trabalho no bem devem ser empregados sempre, mas o amor deve superar todas essas oportunidades, renovando os corações, as disposições, os ânimos dos companheiros. De substância divina, o amor é que inspira os nobres ideais e os sentimentos mais puros, desenvolvendo a capacidade de abnegação e sacrifício, oferecendo bases sólidas para os trabalhos enobrecedores e a própria transformação moral."

Etelvina fez uma pequena pausa, como a convidar para a meditação, continuando em seguida:

— Graças à sua origem, o amor não diminui, nem se torna soberbo, generalizando a sua atuação em qualquer lugar. Quando os instintos animais, que nos agrilhoam às expressões mais grosseiras, cederem lugar às manifestações do amor, então transformar-se-á o panorama sombrio das aflições e dos conflitos existenciais que ainda caracterizam as reencarnações na Terra, gerando auxílio e compreensão recíprocos. Penetrando nas causas que antecedem a problemática humana, por meio da verdade reencarnacionista, o espiritismo liberta o homem do atavismo secular que o escraviza à animalidade e à sensualidade. A vitória contra a viciação e o desequilíbrio está ao alcance de qualquer um que se disponha a conquistá-la. O trabalho edificante na tarefa, o dever conscientemente realizado e a integração numa ética superior, qual a do Cristo, constitui metodologia de enriquecimento íntimo, que o ser deve aplicar a si mesmo, possibilitando-lhe grandes conquistas.

Emudeci qualquer questionamento ante a explanação da irmã Etelvina,[17] por abarcar toda dúvida que eu nutria até então. Prosseguimos emocionados rumo ao comboio onde firmáramos nosso posto de socorro, profundamente transformados em nossa intimidade.



[17] Em conversa com o médium, ele revelou-nos que, quando esta obra foi psicografada, a intenção de Etelvina era abordar a homossexualidade como um desequilíbrio a ser tratado, um "desvio de conduta". Questionada, ela demonstrou não estar convicta de sua posição. Assim, o mentor espiritual Alex Zarthú — que coordena as atividades de Robson Pinheiro e é autor de livros editados pela Casa dos Espíritos — resolveu intervir no processo da psicografia. Ele sugeriu a Etelvina que refizesse sua redação, deixando o assunto em aberto, não emitindo uma opinião da qual mais tarde pudesse se arrepender. Zarthú é sempre muito cauteloso ao abordar o tema, uma vez que, segundo ele, nem mesmo os espíritos superiores dão a última palavra no tocante à homossexualidade. Ainda de acordo com o médium, Etelvina refez a resposta que deu a Franklim, de

modo que, como disse ela, soasse como "evasiva". Não obstante, nem toda a resposta foi modificada, e, alguns parágrafos a seguir, fica clara a sua visão, quando afirma que "o homossexualismo não é 'o' problema; temos muitos *outros* desequilíbrios e desvios dos padrões de conduta que devemos reeducar" (grifo nosso).

Não poderíamos deixar de anotar nossa discordância em relação ao tratamento que Etelvina dá à homossexualidade. Apesar disso, a Casa dos Espíritos e o médium Robson Pinheiro optam por manter a fidelidade e o respeito ao texto mediúnico, por entendemos que as palavras refletem o pensamento do espírito Etelvina, conforme consta da edição original desta obra, e pelo fato de o autor espiritual estar reencarnado, o que o impede de opinar a respeito.

# CAP 14

*— Pode alguém por si mesmo afastar os maus Espíritos e libertar-se da dominação deles?*
*— Sempre é possível, a quem quer que seja, subtrair-se a um jugo, desde que com vontade firme o queira.*

*O livro dos espíritos*, item 475[18]

[18] KARDEC. *O livro dos espíritos*. Op. cit. p. 311.

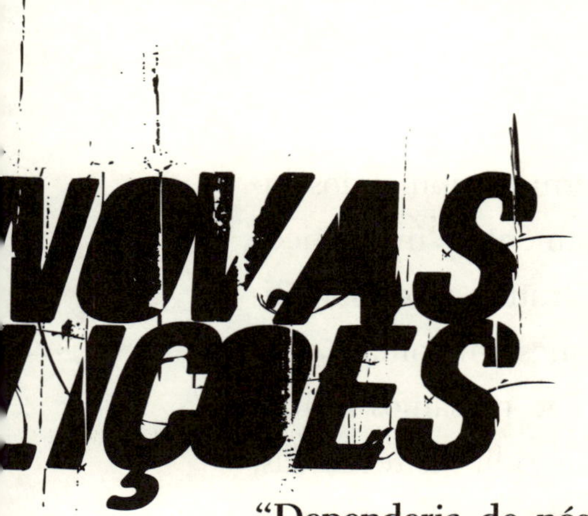

**“Dependeria de nós permanecer ou não na senda do bem imortal.”**



Após as lições recebidas na Crosta, uma equipe de nosso plano ficou encarregada de dar prosseguimento às tarefas, providenciando os recursos necessários para que os casos estudados por nós fossem socorridos conforme a necessidade e merecimento próprios.

Essas excursões de estudo se realizam com frequência, a fim de que se dê subsídio àqueles espíritos que, como nós mesmos, passaram pela experiência da aids e, uma vez reintegrados em tarefas elevadas do lado de cá da vida, necessitem de esclarecimento, a fim de que não caiam nos mesmos erros de outrora.

Não basta simplesmente ouvirmos palestras, discursos ou sermos submetidos indefinidamente a tratamentos magnéticos exteriores, em nossa estrutura psicossomática; é preciso que entremos em contato direto com situações em que possamos assimilar mais profundamente as lições recebidas, a fim de estruturarmos mais intimamente os princípios superiores.

Nosso contato com esses irmãos que ainda enfrentam dificuldades na área da sexualidade ou das viciações funciona como poderoso estímulo a fim de nos renovarmos espiritualmente, até que assumamos um novo corpo físico, em nova encarnação.



Os casos obsessivos, em que a influência maléfica das entidades sombrias se faz notória, induzindo irmãos nossos aos diversos desequilíbrios, são por nós estudados com intenso interesse, a fim de despertar em cada espírito a responsabilidade por seu potencial íntimo e colocá-lo mais firmemente unido com as forças superiores da vida.

Comuns são os casos em que, durante o sono físico dos amigos encarnados, participamos juntamente com eles de palestras, cursos e seminários, realizados deste lado de cá da vida, visando ao nosso aprimoramento íntimo. A vida aqui é bem intensa, as atividades constantes, e quem pensa encontrar, além do túmulo, um mundo de esplendores para o deleite eterno, com certeza se sentirá muitíssimo decepcionado. Temos aqui comunidades inteiras de espíritos, semelhantes às metrópoles terrenas. Há hospitais, escolas, lazer e toda uma vida cheia de trabalho enobrecedor, convidando-nos ao progresso, à ascensão de nossas almas, à integração com os trabalhadores do Pai.

Dirigindo-nos para a região a que nos encontrávamos vinculados na pátria espiritual, através do veículo que, em minha ingenuidade, confundira com um disco voador, pudemos observar as cidades da Terra, que ficavam para trás envoltas em aura particular, que lhes caracterizava a vida comunitária. Agradecemos a Deus pelas oportunidades que nos dera de ali viver e trabalhar e, ainda, após transpor os umbrais da vida, não nos tirava o ensejo de servir, aprendendo sempre, embora em outro plano.



Fui tirado de minhas divagações íntimas pela palavra carinhosa de Etelvina:

— Aproveitou bem as lições da Crosta, Franklim?

— É muita coisa de uma só vez; acredito que tenho matéria suficiente para longos anos de estudo! — exclamei.

— Com certeza, as questões da alma são interessante capítulo da ciência universal. Os processos de intercâmbio do pensamento, mormente nos casos em que se observa a atuação de entidades obsessoras, são material de estudo que não devemos menosprezar...

— Falando em entidades obsessoras, poderia a companheira esclarecer-me alguns detalhes, pois talvez a minha inexperiência impeça-me de compreender o acontecido? — pedi a Etelvina.



— Se pudermos ser úteis... — respondeu prestimosa.

— É o caso de Randolfo. Quando observamos aqueles espíritos com os recipientes contendo as larvas, não consegui imaginar como cultivavam aquelas monstruosidades para utilizarem no processo obsessivo.

— Não devemos esquecer, meu amigo — principiou Etelvina —, que, no caso a que alude, as entidades obsessoras são profundas conhecedoras do magnetismo, por isso mesmo consideradas como uma espécie de elite do submundo astral. Quanto às larvas, são muitas vezes fruto da criação mental infeliz de encarnados ou desencarnados, plasmadas na matéria astralina e alimentadas com a mesma substância inferior que as gerou, tendo, no entanto, uma vida fictícia, temporária, dependendo da força de vontade que as mantém.

— Então, essas larvas de formas estranhas são apenas o produto do pensamento...

— Nem sempre ocorre assim — interrompeu-me Etelvina. — Acontece muitas vezes que os espíritos conhecedores de certos mecanismos das leis da natureza, num processo mórbido de atuação, utilizam-se de seres elementais,[19] em evolução nos planos intermediários. Levam-nos para seus laboratórios em regiões subcrostais, viciando-os muitas vezes com o cheiro do sangue ou do esperma humanos, alimentando-os indefinidamente com o seu magnetismo, tornando-os dependentes destes, quais os viciados em drogas de qualquer espécie. Após longa permanência nesse estado, transformando sua



[19] Cf. "Elementais artificiais e naturais". In: PINHEIRO, Robson. Pelo espírito Joseph Gleber. *Além da matéria*. 2ª ed. rev. Contagem: Casa dos Espíritos, 2011. p. 151-161, cap. 16.

aparência externa, sua forma espiritual, em larvas ou outras formas grotescas, são utilizados em processos vampirizadores nos encarnados, que, invigilantes, abrem guarda na conduta moral.

— Como podem interferir esses seres no comportamento humano? — perguntei.

— São muitas vezes introduzidos no interior do corpo humano pelas entidades sombrias, como no caso de Randolfo, e como estão viciados na substância espermática, passam a aumentar indefinidamente o desejo de seus hospedeiros. Daí se verem muitos casos de compulsão nas diversas áreas do comportamento humano. Aqueles que foram alimentados com o odor ou o próprio líquido seminal são utilizados para ampliarem a sensação de prazer físico, despertando na vítima cada vez mais incontrolável necessidade de muitas relações sexuais, passando assim a se alimentarem magneticamente de emanações advindas do comportamento infeliz do encarnado. Outros, acostumados com outros vícios, como álcool, drogas, fumo ou mesmo o alimento físico dos encarnados, são muitas vezes utilizados nos processos obsessivos para despertarem a compulsão que experimentam muitos de nossos irmãos encarnados, que necessitam não só de auxílio espiritual emergencial, mas de tratamento psicológico adequado.

— Nesses casos, como se procede à cura daqueles que são vítimas desse tipo de atuação obsessiva?

— Em situações como essas, a simples doutrinação de possíveis obsessores não resolve o caso. Além da mudança radical de comportamento por parte da pessoa que experimenta tal investida das trevas, reformando-se intimamente, evangelizando-se, para interromper a ligação com os espíritos responsáveis pela ação nefasta, há que se proceder com o devido conhecimento das leis de magnetismo, para desfazer a ação perniciosa de tais entidades. Geralmente, o espírito responsável por tal atrocidade deverá ser induzido, ele mesmo, a desfazer a ação viciadora sobre a mente elemental, se for o caso, através de potente ação magnética sobre ele, utilizando-se para isso a evocação direta da entidade; mas isso requer uma equipe mediúnica capacitada, evangelizada e consciente de suas responsabilidades.

— Não é fácil, então, lidar com esse tipo de espírito... — pensei.

— O que notamos muitas vezes é o despreparo da equipe de encarnados que tenta resolver determinados casos de influenciação espiritual. Na verdade, se permanecessem mais informados através do estudo de postulados espíritas e preparados intimamente pela renovação moral, estariam habilitados a realizar qualquer tarefa no campo da espiritualidade.

O caso é verdadeiramente sério, e as observações de Etelvina ampliaram mais os horizontes de minha mente. Ficaria ainda longo tempo a conversar com esse espírito bondoso, mas aproximávamos rapidamente do Hospital do Silêncio, nosso destino no plano espiritual. Era necessário para novas tarefas, uma outra etapa de nossas vidas, como trabalhadores do Pai. Seríamos recebidos pelos administradores da instituição que nos abrigava. Era, para nossa vida, a oportunidade de sermos mais úteis, agora mais conscientes de algumas verdades espirituais. Dependeria de nós permanecer ou não na senda do bem imortal.

# cap 15

*— Todos os Espíritos se preocupam*
*com sua reencarnação?*
*— Muitos há que em tal coisa não pensam,*
*que nem sequer a compreendem.*
*Depende de estarem mais ou menos adiantados.*

*O livro dos espíritos*, item 331[20]

[19] KARDEC. *O livro dos espíritos*. Op. cit. p. 245.

# MERGULHO NA CARNE

**"Para trás, ficaram o sofrimento, a dor, a aids: renascia mais um filho de Deus."**



PROSSEGUIMOS RUMO ao nosso destino, o Hospital do Silêncio, que se nos apresentava ante a visão espiritual como uma joia incrustada no céu, refletindo as claridades da vida espiritual. A instituição do espaço que nos abrigava regurgitava de vida, de vida além das fronteiras acanhadas da matéria.

Descemos no pátio externo, sentindo o aroma suave de flores que perfumavam o ambiente espiritual. Outras caravanas que, como a nossa, desempenhavam atividades na Crosta ou outras regiões do mundo espiritual ali aportavam igualmente. Por alguns minutos, nós paramos para observar a chegada dos comboios de trabalhadores desencarnados. Parecia um espetáculo de luzes e cores variadas. Ao aproximarem-se do posto de socorro espiritual, assemelhavam-se a cometas, estrelas cadentes do mundo espiritual. Traziam atrás de si intenso rastro de luz. Foi Anatólio que, aproximando-se de mim, comentou o fato:

— Pois é, Franklim, somos todos nós como estrelas cadentes, mas a verdadeira estrela, o astro rei, é Jesus. Como estrelas, ou astros subalternos, devemos ter o cuidado necessário para que a nossa luminosidade não seja passageira, como o relâmpago em noite tempestuosa. Somos convidados a refletir as luzes da estrela de primeira grandeza, que é o Mestre Jesus. Mas, ainda que seja passageira a nossa atuação nos reinos do Pai, sejamos, assim mesmo, as estrelas cadentes do amor de Deus, que embelezam, não obstante momentaneamente, a visão daqueles que olham para o alto.



Permanecemos em silêncio por alguns momentos e dirigimo-nos, depois, ao grande salão de reuniões, onde os caravaneiros fariam o relato de suas experiências. Aproveitaríamos para, em assembleia, agradecer a Deus as oportunidades de trabalho e aprendizado.

Dedicados trabalhadores deste lado de

cá iam e vinham em constante atividade. Pude observar que nenhum dos espíritos que ali estagiavam estava vestido com a tão falada túnica branca que alguns médiuns descrevem na Terra. Cada qual estava trajado conforme o seu costume. Era até estranha a diversidade de estilos, tal a variedade de procedência de cada espírito.

Fomos convidados pela companheira Etelvina a integrar um pequeno grupo que se formava, em círculo, comentando as experiências adquiridas. Foi assim que conheci Humberto, dedicado trabalhador daquele pouso abençoado.



— Somos daqueles que igualmente faliram em sua última romagem na Terra — falava o companheiro. — Aqui, no entanto, dedicamo-nos à pesquisa e ao trabalho, a fim de melhor instruir os nossos irmãos que ainda não fizeram a grande viagem. Após várias excursões à Crosta, colhendo farto material de pesquisa, pretendemos agora, já que obtivemos permissão, formar pequeno grupo de espíritos e visitar as regiões que ficam além das montanhas, no Vale das Sombras. Ali já estivemos por várias vezes. É necessário habilitarmos outros companheiros deste lado no trabalho nessas regiões. Com certeza poderemos colher muitos apontamentos úteis para todos nós.

Humberto prosseguia, comentando o projeto de suas próximas atividades, enquanto eu divagava intimamente, desejoso de participar também dessas atividades. Visitara em outra ocasião o Vale das Sombras, mas a curiosidade natural impelia-me a ir além, embora naquela ocasião ainda não estivesse habilitado para tal empreendimento.

Etelvina, aproximando-se de mim, comentou com leve sorriso:



— Meu amigo, acabamos de chegar de uma atividade e já se encontra perdido em planos quanto a outras... — falou o bondoso espírito. — Agora, no entanto, é necessário obedecermos às instruções do Alto. Vocês serão conduzidos hoje ainda para que recebam tratamento magnético conforme a necessidade de cada um. Mais tarde poderemos cogitar qualquer outra atividade.

A empolgação que me invadiu era tão grande que, por momentos, esqueci-me de que havia desencarnado vítima da aids ou que estava ainda em tratamento. Etelvina, porém, prosseguiu, em meio aos meus pensamentos:

— Não se preocupe, meu filho, todos nós trazemos no íntimo as chagas do nosso passado. É realmente bom observar que você chega a se esquecer dos últimos problemas vivenciados na carne. Estas atividades desempenhadas do lado de cá são o remédio para as nossas dores. Entretanto, embora o trabalho seja um medicamento eficaz, só superaremos integralmente nossas dificuldades através do mergulho na carne em nova etapa reencarnatória. Aqui, aprendemos; na Terra, realizamos. Aqui, a teoria; na Terra, a prática.

Etelvina calou-se e, afastando lentamente, deixou-me preocupado quanto ao futuro. Várias vezes pude ouvir dos responsáveis pelo nosso tratamento deste lado de cá que o remédio definitivo e mais eficaz só nos seria ministrado através de novas experiências na Terra. Pensava que tais experiências eram as atividades semelhantes às que acabávamos de realizar, mas agora tudo se esclarecia através das palavras da companheira.



Se o desencarne provocou em mim uma mudança íntima muito grande, a volta através da reencarnação abalava-me sobremaneira. Era este, então, o medicamento de emergência aplicado a todos aqueles que vieram para cá através da aids? Retornar à Terra fisicamente, reencarnar. Como se realizaria isso no caso de algum espírito que contraíra o vírus HIV, em sua última encarnação? Seria tal reencarnação diferente das demais?

Eu já estava me acostumando ao estado de "alma do outro mundo", e já queriam me mandar de volta.

Os pensamentos atropelavam-se. Foi Humberto que, chegando-se, tocou-me de leve e falou:



— Não se desgaste assim. Antes de você retornar, com certeza, terá inúmeras atividades deste lado. O tratamento aqui prossegue ainda. Não está preparado para se internar de imediato no mundo das formas; o risco ainda seria grande para a futura mãe. Terá que nos suportar por mais algum tempo.

— Mas que risco? Será que trazemos tanto desequilíbrio assim, que prejudicamos até aqueles que amamos? — perguntei.

— O que acontece é que os desequilíbrios produzidos pela ação do HIV não são debelados com tanta facilidade. Tais desarmonias produzidas nos corpos espirituais são tão profundas que é necessário uma certa intensidade de emissões magnéticas, a fim de evitar maiores danos à organização materna que irá receber o futuro reencarnante. O trabalho que realizam deste lado, juntamente com as diversas terapias a que são submetidos, os auxiliam a manter por si mesmos os padrões psíquicos necessários à nova experiência física.

— Então, toda esta atividade que realizamos aqui é tão somente para nos preparar para nova reencarnação?

— Também por isso — respondeu Humberto. — Recolhendo experiências deste lado de cá, com tratamento adequado, mudarão por si mesmos os clichês mentais tão profundamente estruturados no íntimo de cada um. Observe quanto mudou o seu posicionamento ante as questões da vida e verá como funciona o tratamento a que são submetidos aqui. Agora, no entanto, não é hora para esses comentários e nem para esse tipo de preocupação. Teremos muito tempo para falar disso, quando fizermos juntos a excursão para além do vale sombrio.

— Quer dizer que poderei participar com vocês?...

— Claro que sim! Antes, porém, temos

muito o que fazer. Alguns cursos serão ministrados aos participantes, antes de partirmos para novas tarefas; afinal, acabamos de chegar de uma.

Abraçados, Humberto e eu prosseguimos rumo à assembleia numerosa de espíritos. Confundíamo-nos à multidão. Eu era apenas mais um espírito que despertava para a vida. Para trás, ficaram o sofrimento, a dor, a aids: renascia mais um filho de Deus.

# ANEXOS

## Entrevista
## Cazuza: um *show* que jamais terá fim[21]



Cazuza dispensa apresentações. Marcou sua geração pelas canções que compôs e cantou, pelo seu jeito rebelde e indignado. Seu nome continua sendo lembrado pela qualidade de seu trabalho.

Contudo, deixou outras marcas, pela coragem com que assumiu ser portador de aids, pela dignidade que demonstrou em todas as fases da doença, pelo seu entusiasmo e amor à vida, que nada conseguiu apagar. Cazuza (1958–1990) retorna nesta entrevista, realizada por meio da escri-

[21] Os textos daqui em diante constituem anexos à 2ª edição revista, de 2002.

ta mediúnica,[22] para a felicidade de seus fãs e, enfim, de todos aqueles que preferem falar de esperança, de progresso, de reverência pela vida. Conversa conosco sobre aids, apoio da família, vida após a morte e, é claro, música — que continua sendo sua ocupação do outro lado da vida.

Compartilhe com Cazuza um *show* que jamais terá fim.



***A postura irreverente e rebelde é marca do Cazuza que conhecemos. Você se identifica ainda hoje com essas características? Qual foi a influência que esse aspecto de sua psique teve no despertamento para a vida espiritual, após o desencarne?***

A irreverência e a aparente rebeldia, a meu ver, são uma marca daqueles que não se enquadram nos limites estreitos traçados pelo comportamento humano. Na verdade eu substituiria o termo *rebeldia* por *falta de conformismo*. Eu não fui uma pessoa conformada

[22] Questões propostas pela equipe Casa dos Espíritos e respondidas pela psicografia de Robson Pinheiro em Belo Horizonte, MG, durante o mês de fevereiro de 2002.

com padrões preestabelecidos e nem me enquadrava em moldes forjados pela sociedade.

Quando acordei na vida espiritual vi que tinha ultrapassado muitos de meus limites e deveria me reeducar em muitas coisas em que acabei exagerando por aí. Mas longe de mim aceitar essas imposições de bem e de mal segundo as religiões ensinam. Mesmo aqui onde me encontro continuo a pessoa irreverente e, eu diria, inovadora ou mesmo renovadora.

Trago em mim muitas questões a serem solucionadas; entretanto — e aí está a beleza da vida —, encontro muito mais oportunidades de expandir do lado de cá do que do lado de vocês.



Minha arte inconformada é marca do meu tempo, e, como na vida nada se perde, aproveito a oportunidade que me está sendo oferecida pela própria vida para trabalhar, através de minha música, a inconformação de muitos espíritos. Do lado de cá continuo o mesmo Cazuza de antes, é claro, mais renovado em meus pensamentos e emoções e sem os exageros próprios de quando se está encarnado.

É maravilhoso a gente poder ser a gente mesmo. É muito bom poder se expressar com essa irreverência própria da juventude inconformada, porém reverenciando a vida e testemunhando a vida.

***Em sua opinião, qual é o objetivo divino ao colocar a humanidade em contato com o* HIV *e a aids neste momento?***

Inicialmente eu me encontrei revoltado quando me descobri portador do vírus. Era uma revolta mais íntima. Talvez um grito mudo parado dentro do peito por não poder reverter o quadro, embora nunca faltasse esperança dentro de mim. Foi aí que descobri a maravilha de se ter uma mãe, uma família, amigos de verdade. Descobri a partir daí um outro mundo, sem fantasias, sem máscaras. E, acredite-me, não adiantam rebeldias nesse momento, não adianta nada que exprima inconformação. A aids nos ensina um sentimento novo diante da vida, das pessoas, de Deus. Creio que a aids, o HIV e tantos outros problemas que envolvem a saúde no mundo são oportunidades que Deus coloca diante de nós para que a humanidade possa atingir um degrau mais alto em sua caminhada. Falo a respeito de sensibilidade diante da vida.

No meu caso particular, essas experiências serviram para que entendesse a vida como expressão da arte de Deus. Olha que o Cara lá em cima é perito em sentimentos e usa das coisas desagradáveis para aumentar a sensibilidade de seus filhos *rebeldes*, como diria você.

Ele tem um objetivo; e é claro, muito claro para mim, que esse objetivo pode ser muito diferente para cada um. Para mim significou e significa descobrir o limite e a reverência devida a algo que ultrapassa minha compreensão. Chamem isso de vida ou de Deus. Como é grandioso tudo isso...



Espero que a humanidade compreenda a grandeza deste momento e descubra sua rota rumo à felicidade.

Na verdade a felicidade é o que importa em qualquer tempo, em qualquer situação em que se vive. Mas sem essa de que a felicidade é um céu azul com nuvens brancas. Não para mim.

Felicidade, a meu ver, é a capacidade que eu tenho de fazer arte e poesia, música e vida até da própria dor, encontrando uma forma de gritar ao mundo, aos homens, aos meninos e meninas que todos somos deuses, somos incríveis e somos perfectíveis.

***Você teve dificuldades em construir uma visão otimista, positiva com relação ao período de sua vida com aids? Em caso afirmativo, o que você diria para aqueles que estão vivendo momentos semelhantes?***

Acredito agora que a aids serve, para cada um que a viva, como experiência diferente. Jamais poderá ser igual para todos.

Fácil, creio que não é, e talvez não o seja por muito tempo. É durante esse período de maturação da ideia, ou do descobrimento de ser portador do HIV, que a gente desenvolve resistências acentuadas para os desafios da vida. Aids é isso hoje em dia. E asseguro que é muito diferente do que foi um dia para mim. A aids é um desafio para pessoas corajosas. Não é para qualquer um.



É um desafio ao preconceito quando uma grande parcela do mundo civilizado acredita ainda numa *praga gay*, embora disfarcem essa crença sob um manto de civilização, de humanidade. Um desafio para se continuar acreditando na vida e em Deus. Pois, se não tivermos uma compreensão de Deus bem mais clara do que ensinam os religiosos, fatalmente seremos levados pela dor a experimentar o desespero. Enfim, a aids é um desafio à família e à capacidade de agirmos de maneira digna e otimista frente a algo imensamente maior do que nossas forças, nossos costumes, nossa ciência e nossa sabedoria.

Para as pessoas que enfrentam este momento HIV — tão de perto e intenso como é — só desejo que possam sobreviver não ao HIV, mas às questões que se levantam frente ao desespero íntimo, fazendo dessa fase de sua vida um momento de poesia. Isso com certeza não será fácil, mas, como tudo passa, o momento HIV também está passando, e nós somente seremos felizes ou vitoriosos sobre tudo isso quando descobrirmos qual a mensagem que a vida envia para cada um de nós que passamos por essa experiência. Faça arte com seu momento. Faça música com sua dor. Rebele-se, não entre em depressão. Tudo passa. Em breve você verá que também é vitorioso, pois tanto você quanto eu somos muito maiores do que o HIV e muito mais fortes do que a aids. Permita-se deixar suas marcas na estrada da vida. Eis uma oportunidade que ninguém poderá perder.

***Você se sentiu culpado em sua trajetória com o vírus HIV? Especialmente após o desencarne, sentiu vergonha ou culpa ao reconhecer-se vítima da aids? Como foi recebido entre os demais espíritos?***

Uau! Vá com calma nisso tudo... Primeiro desejo responder à última pergunta.

Fui recebido do lado de cá com o mesmo carinho e amor como fui tratado pela minha mãe. Com a mesma discrição e até com a mesma consideração que se tem por um filho muito amado. Diante de tanta demonstração de carinho e amor, sem as badalações e confetes que por aí se dedicam às pessoas que alcançaram fama, não tem como se sentir culpado.



Afinal, culpado de quê? De amar da forma como amei? De reverenciar a vida com minha irreverência? De forma alguma.

Com certeza, nos momentos de dor a gente faz uma retrospectiva de nossas experiências. E se somos e nos permitimos ser humanos, com certeza encontraremos todos muitas coisas dentro de nós ou em nosso comportamento que desejaríamos modificar. Mas isso é ser humano. É se permitir ser gente. É nesses momentos de reflexão que nos reencontramos e descobrimos que somos algo mais além dos nossos excessos e que estamos muito mais em nossa intimidade do que em nossos corpos.

Descobrimos que abusamos sim, mas, nessa ânsia infinita que nos move em direção a Deus e à felicidade, acabamos por exceder muito certos limites impostos pela natureza. Se me senti culpado em algum momento de minhas experiências, acabei transformando a culpa numa alegria indizível. Transformei meus excessos em uma canção de amor à vida e descobri finalmente que hoje, tanto quanto antes, sou um servo do Pai.



Hoje não me envergonho de haver sido o que fui, pois foi amando como amei, com todo o meu excesso, com toda a minha aparente rebeldia, que também descobri o amor, o carinho, o caminho.

Veja que aqui, para os espíritos que estão acima dos nossos conceitos e preconceitos, o que importa não é a forma de amar, o que importa é que nos amemos. Isso basta.

***Sua música e o legado de seu trabalho exercem alguma influência sobre seu estado ín-***

***timo, em seus momentos de eventual angústia, enquanto espírito? O que lhe proporciona ânimo e fé hoje em dia? Qual é sua ocupação atualmente?***

É certo que minha música me acompanha aonde eu vou ou estou. Afinal eu sou a própria música, sou uma nota cuja existência dá sentido a um concerto. Cada um é uma nota musical. Às vezes estamos desafinados e fora do compasso, entretanto o grande artista, o músico por excelência, que é Deus em nós, acaba afinando o instrumento íntimo de cada um e nos descobrimos pura música. Não importa se nos comportamos como *rock*, samba, tango ou *reggae*. Importa é ser música, e isso eu sou.



Veja bem o que se faz por aí em meu nome ou evocando a minha memória. Quantas crianças e quantas pessoas são assistidas em nome de um instrumento musical que um dia tocou afinado ou refinado, mas sempre em nome da vida?

Lembra-se do Betinho?[23] O que se faz

[23] Herbert de Souza (1935–1997), o Betinho, foi um sociólogo brasileiro com larga atuação popular. Hemofílico, contraiu o vírus HIV em 1986 e morreu gravemente doente de aids.

em nome dele e do que ele representa é muito maior do que os eventuais erros de percurso cometidos por ele durante o período que vocês chamam de vida.

Comigo não é muito diferente. Já que a vida é uma só, estou agora prosseguindo numa fase mais adiantada, fazendo música com saudade, fazendo o *show* da vida com bondade e cantando nos umbrais da vida através das vozes de muitas crianças que dão a nota certa nesse *show* que minha mãe e meus amigos apresentam no mundo em minha memória.



E você pergunta qual a minha ocupação? Respondo: música! Estou num *show* que jamais terá fim. Deliro-me num festival maior que o Rock in Rio e curto muito o palco da vida, que é muito maior que os palcos nos quais me apresentei. Eu sou todo música, *rock*, vida, saudades. Não poderia ser diferente, senão eu não seria Cazuza.

Veja que agora a Cássia está comigo. Você sabe de quem eu falo.

Se existe alguma forma de resgatar os nossos erros de percurso, como diz aqui um amigo, é através da música do amor. Ocupo-me, pois, com a música que fala do amor.

***Qual é sua ligação com Franklim, o livro* Canção da esperança *e o trabalho da Casa dos Espíritos e da Casa de Everilda Batista?*[24]**

Primeiramente, enfrentei muito preconceito por parte de médiuns que desejavam me ver dentro do umbral, o purgatório criado pelos espíritas. Mas eu desejava muito mais transmitir minha música e também um brado de alerta àqueles que ficaram. Fui convidado a conhecer o Franklim exatamente quando ele já se preparava para entrar em contato com o médium [Robson Pinheiro]. Nessa época eu também já havia me aproximado do grupo espírita do qual vocês fazem parte e notei que foi pura paixão. Aliás, amor à primeira vista. É claro que não falo isso inspirado por uma postura santificacionista ou pela fidelidade espírita que vocês julgam ter. Foi por afinidade.



[24] A Sociedade Espírita Everilda Batista, casa espírita atuante na região metropolitana de Belo Horizonte desde 1992, é o primeiro núcleo do grupo de instituições fundadas por Robson Pinheiro e que hoje se reúnem sob o nome de Universidade do Espírito de Minas Gerais (UniSpiritus).

A casa que vocês fundaram é composta também por gente cheia de dificuldades semelhantes às que tive e ainda tenho do lado de cá da vida. Ou seja, vocês não escondem suas questões íntimas, que tanto incomodam as pessoas que desejam parecer santas. Descobri aqui entre vocês que posso ser espírito sem ter de me converter ao espiritismo.

Quando estava aí junto de vocês, *encarnado*, como se diz, estudei em colégio de padres, e durante um bom tempo em minha vida convivi com esse negócio de culpa, de pecado e de inferno. Não digo que tenha sido fácil. Fiz análise durante alguns meses, porém resolvi parar e acreditar um pouco mais em mim, nas coisas boas da vida. Aqui, com vocês, me sinto bem, alegre, e confesso que já me sinto resolvido quanto a muitos problemas que trouxe por solucionar daí da Terra. Não quero me submeter a uma terapia espírita ouvindo alguém tentar me converter. De forma alguma.

Na Casa de Everilda não vi ninguém tentando me constranger com dogmas, palavras e frases decoradas, como se vê por aí afora, e nem mesmo encontrei gente pretendendo me catequizar ou me "espiritizar".

Essa postura, essa atitude de vocês é diferente e me auxiliou muito a compreender que o meu caminho, devo procurar por mim mesmo, e não preciso, como espírito, comportar-me dentro de padrões estabelecidos por aqueles que se julgam melhores que os demais. Encontrei pessoas alegres que tentam fazer um espiritismo alegre e envolvente. Fui conquistado, então. E aí está a minha afinidade com essa instituição, que é exatamente a alegria de ser, saber e se sentir filho de Deus sem rotulações, sem hipocrisia.



Quando conheci o Franklim, ele me propôs uma parceria, que eu creio está se concretizando somente agora, depois mesmo de ele reencarnar. A alegria do Franklim e, como diria você, sua postura irreverente, me atraíram para essa parceria que deu em arte, música e mais curtição, de uma alegria que é mais permanente. É isso aí!

***Você já teve experiências desgostosas com a mediunidade, enquanto espírito? Como você vê o trabalho mediúnico? Já sofreu algum tipo de discriminação por parte de espíritos ou médiuns, após seu desencarne?***

Como eu disse antes, enfrentei algumas

dificuldades ao tentar abordar alguns médiuns para a tentativa de me comunicar. É o tal do preconceito, como você diz. Mas um preconceito diferente.

Creio que os médiuns espíritas colocaram esse negócio de umbral tão fundo nas cabeças que têm medo de tudo que é espírito por aí. Assim, quando eu chegava perto de algum médium e me identificava, muitos pensavam que eu deveria estar agora em alguma região de sofrimento no tal do umbral. Diziam que pelo tipo de vida que tive na Terra eu deveria estar agora resgatando os meus excessos em sofrimento. A coisa foi tão séria que eu e a Clara Nunes fizemos uma espécie de parceria na letra de uma música — claro, do lado de cá —, em que ironizávamos essas atitudes mesquinhas dos religiosos. Menino, veja que acabei desistindo das tentativas frustradas de transmitir minha mensagem em forma de música por aí.

Ocorreram outras experiências aqui também, por parte de muitos espíritos que conservam ainda as mesmas manias da Terra. E não poderia ser diferente; por aí, entre vocês, não é assim? As coisas demoram muito a mudar em nosso comportamento.

Hoje sei evitar essas situações constrangedoras. Sei que sou filho do Pai, e isso basta para mim e para que eu continue a fazer minha música por aqui.

***Você diria que a experiência com o HIV colaborou de alguma forma para que você lide com a questão sexual e com a vida de forma diferente?***

O HIV é uma experiência presente para toda a humanidade, e ela significa mudança de caminhos, embora nosso objetivo seja o mesmo diante da vida. A questão sexual é mais complexa. Só espero não me tornar careta com o tempo. Quero mais é defender o direito de amar do jeito que se possa amar. Falo do amor verdadeiro. Eu diria que estou estudando "do lado de cá da vida" — como dizem os espíritas — e só posso dizer que muitas e muitas coisas que a gente programa antes de reencarnar, não chegamos a realizar quase nada, quando se considera a totalidade do que foi programado.



Entretanto, posso dizer também que as experiências vividas na Terra por mim foram tão marcantes... que, tanto quanto a minha música deixou marcas em vocês por aí, essas experiências me marcaram profundamente. Com certeza em outra oportunidade poderei realizar melhor meus projetos, mas serei sempre o Cazuza de antes. Não me modificarei tanto a ponto de ter dificuldades em conviver com meus amigos. Quero, sim, ser melhor, e quem não quer? Mas não quero ser melhor que os demais; isso me faria muito, mas muito diferente mesmo. Quero ser eu mesmo, ainda com muitas coisas que encantam e chocam muita gente por aí, mas quero ser o Cazuza. Quero trazer a minha marca, que seja a minha reverência pela vida em forma de poesia, em forma de alegria. E, quem sabe, em vez de outra vez ser eu apenas Cazuza, não serei um pássaro que canta e encanta, sem nunca abandonar o *show* da vida? Estarei mais do que nunca fazendo sucesso nas paradas da vida eterna e serei quantas vezes puder o garoto, o menino, o rapaz alegre e mais feliz ainda que nos tempos do *rock*. Me aguarde na próxima encarnação.



***Você está contente com o fato de estar vivo e ter sido ou ser Cazuza?***

Eu diria que sou e estou tão feliz quanto estou vivo. Isso talvez soe como algo decorado em algum para-choque de caminhão, mas é isso mesmo. Nada melhor do que saber que a tal da morte e da aids, HIV, câncer ou outra coisa qualquer não têm poder para deter a marcha da vida. Continuo vivo com minha música, com minha doce irreverência e serei vivo eternamente, quando as sombras do preconceito forem apenas sombras e não existirem mais no mundo. Estou contente por poder dizer isso tudo de maneira direta, falando ao mundo que cante, pedindo aos homens que façam música e não guerra e que transformem as dores em flores e enfeitem a Terra. Na verdade nunca me afirmei ser músico, cantor; sempre disse que era intérprete, e por isso mesmo eu digo que sou um intérprete da vida. A alegria faz parte do meu *show*.



Cresci no meio de música, respirei música e ainda hoje me considero feliz em ser intérprete de uma música de primeira, de gente feliz, uma música que fale de amor. Assim como encontrei a minha tribo com o *rock* e em meio ao *rock*, do lado de cá estarei sempre fiel a essa tribo da alegria. Estarei sempre animadérrimo para fazer do meu *show* um espetáculo de leveza, de beleza, de louvor à vida.

## Desejos vorazes
*música do espírito Cazuza*



O ESPÍRITO Cazuza está ligado ao trabalho da Casa dos Espíritos desde o início, como você confere na entrevista exclusiva nesta edição.

Numa manhã de domingo, Cazuza apresentou mais uma canção de sua autoria, enquanto espírito. Era o final de mais uma reunião semanal em que ocorre a psicografia de mensagens de familiares desencarnados, na Casa de Everilda Batista. O médium Robson Pinheiro pôde perceber Cazuza e mais 8 espíritos interpretando a música, que havia psicografado minutos antes, cujo texto inédito trazemos para você.

## Desejos vorazes

*(letra e música do espírito Cazuza)*



São meus meninos, são minhas meninas.
Crianças, jovens, rapazes —
Meus meninos de todas as eras,
Meu rock, minha vida, minha Terra...
— Desejos vorazes.

Não pensem que sou mesmo exagerado...
Sou o mesmo de antes,
Com a música de agora,
De todos os instantes.

Meninos, meninas,
Ouvi o clamor da vida.
Amem, vivam, aproveitem,
Mas não se esqueçam, meninos bonitos,

A vida pede passagem,
Pede dosagem
Nos prazeres vividos.

Meninos, meninas,
Sejam do Rio,
Meninos de Minas,
De todo o Brasil,
Vivam a vida,
Aproveitem o viver.

Ser jovem é ter
Coragem de
Fazer da vida uma
Música,
Do prazer, uma canção
E de tudo, coração.

Contagem, 10 de fevereiro de 2002.

## “Não me envergonho de haver sido quem fui”

*depoimento de um espírito que desencarnou com aids*



Uma das atividades realizadas pelo médium Robson Pinheiro é a psicografia de cartas consoladoras, que são mensagens de familiares desencarnados. A atividade ocorre periodicamente na Sociedade Espírita Everilda Batista, em reunião específica, e é imprescindível que o familiar solicitante esteja presente.

Dado o contexto desta obra, publicamos a seguir a comunicação de um espírito que desencarnou vítima do HIV e provocou grande impacto emocional sobre seus familiares.

*Meu querido pai, João Paulo,*
*minha doce Beth*
*e minhas queridas mãe e irmã, Laura e Sara,*

*Espero que estejam bem melhor do que quando os deixei cheios de dores e frustrações em decorrência de minha partida.*

*Sei que para vocês a minha opção sexual foi motivo de vergonha. Eu tive a coragem de ser o que eu queria, de experimentar a felicidade do jeito que a concebi para mim e de enfrentar a barra da família e da sociedade tão cheia de preconceito como quando eu estava aí com vocês.*



*Veio o* HIV, *a aids e tantas outras complicações que nos visitaram. Lembra-se, minha Beth?*

*Quantas e quantas vezes você ficava parada na porta de meu quarto falando para mim de amor, de carinho e de um mundo diferente, sem preconceitos?... Muitas vezes você era tida como louca por nossa família, e outras muitas vezes eu ouvia dizer que iriam despedir você por interferir na vida da família. Posso dizer, querida Beth, que foi devido às conversas que tivemos que mantive o ânimo por tanto tempo assim e devo a você e à sua fé os melhores momentos que passei durante o processo todo com o HIV.*

*Querido pai do coração, quero pedir desculpas a você, porque com certeza eu não fui o filho que você e a mamãe idealizaram. Não correspondi ao modelo de filho homem que vocês queriam ter. Mas posso assegurar que eu os amei. Eu os amei como nunca havia amado outra pessoa em toda a minha vida.*

*Também senti a sua revolta muda, o seu protesto calado e as dores que sentiu junto de mim quando me descobri portador do vírus HIV.*

*Lembra-se, papai, daquele dia em que fomos juntos ao médico para buscar o resultado do exame? Eu senti o quanto você sofreu, e vi suas lágrimas disfarçadas, e senti o seu silêncio eloquente. Calei-me sem saber o que fazer, o que dizer. Vi também como você acompanhou a minha vergonha diante de meus irmãos, do Leo e do Carlinhos, e como soube contornar os fatos relativos à minha sexualidade junto aos outros familiares lá de Ribeirão Preto [SP]. Também a mãezinha Laura soube ser forte e me transmitir forças como você, mas ela não teve como aguentar a barra até o fim. Venho, meus pais e irmãos, para que me saibam vivo.*

*A morte foi apenas um portal que se abriu para que eu pudesse enxergar com os olhos do espírito.*

*Não pensem que eu esteja em sofrimento. Do lado de cá da vida só encontrei a felicidade de saber que Deus nos dá tantas oportunidades quantas forem necessárias. Fui recebido pela vovó Tininha e pelo vovô Jorge Quintão, que estão me orientando nesta nova fase de vida.*

*O transe da morte não foi doloroso. Fui auxiliado nos últimos momentos pelos avós, que me ampararam de maneira a suprir as minhas deficiências. Acordei como se acorda de uma noite longa de pesadelos para um dia radiante.*



*Encontrei alguns amigos e parentes que vieram para o lado de cá antes de mim. Falo, papai, do nosso querido Alfredo Oliveira, o seu amigo de longa data, a Dona Carmelita e os meus amigos João Pedro e Tomás.*

*Como veem, estou dando estes nomes a vocês como forma de me identificarem, já que o médium não conhece nenhuma dessas pessoas e vocês não disseram para ele que eu havia desencarnado com aids, nem citado os nomes dos nossos companheiros.*

*Espero que isso seja suficiente para vocês acreditarem que seja eu mesmo, o filho que nunca os esquece.*

*Sei que não posso continuar por mais tempo, porém deixo aqui a certeza de que a morte é apenas uma ilusão dos sentidos, incapazes de perceberem a verdadeira vida.*

*Não me envergonho de haver sido quem fui, pois acima de tudo eu amei, aprendi com vocês a amar e continuarei amando do lado de cá da vida.*

*Se não fosse a aids, seria outra coisa qualquer; entretanto, se assim o foi, creio, meus pais, que é para que paremos um pouco e reflitamos na grandeza da vida e na soberania de Deus.*



*Aprenda, papai, a reavaliar sua vida e procure no espiritismo o alento para suas dores íntimas. Quanto à mamãe, auxilie a nossa mãezinha, juntamente com a Beth e a Sara. Não deixe a mãezinha à mercê de seus problemas íntimos. A minha partida haverá de servir ao menos para que a família acorde para as questões espirituais.*

*Deixo aqui o meu beijo de gratidão e o carinho do coração endereçados a vocês, a quem tanto amo. Prossigo meu caminho sem aids, sem adeus, porém com muita saudade.*

*Do filho, irmão e amigo,*

*Márcio,*
*Márcio Fernando Oliveira*[25]



[25] Psicografia de Robson Pinheiro. Contagem, MG, 2001. Os nomes citados são fictícios e foram alterados para assegurar a privacidade dos familiares.

# Referências bibliográficas


KARDEC, Allan. *O livro dos espíritos*. Tradução de Guillon Ribeiro. 1ª ed. esp. Rio de Janeiro: FEB, 2005.

____. *O livro dos médiuns*. Tradução de Guillon Ribeiro. 1ª ed. esp. Rio de Janeiro: FEB, 2005.

PINHEIRO, Robson. Pelo espírito Joseph Gleber. *Além da matéria*. 2ª ed. rev. Contagem: Casa dos Espíritos, 2011.

## Outros livros de Robson Pinheiro

PELO ESPÍRITO ÂNGELO INÁCIO

*Tambores de Angola*

*Aruanda*

*Encontro com a vida*

*Crepúsculo dos deuses*

*O fim da escuridão*

*O próximo minuto*

TRILOGIA O REINO DAS SOMBRAS

*Legião: um olhar sobre o reino das sombras*

*Senhores da escuridão*

*A marca da besta*

TRILOGIA OS FILHOS DA LUZ

*Cidade dos espíritos*

*Os guardiões*

*Os imortais*

ORIENTADO PELO ESPÍRITO ÂNGELO INÁCIO

*Faz parte do meu show*

*Corpo fechado* (pelo espírito W. Voltz)

PELO ESPÍRITO PAI JOÃO DE ARUANDA

*Sabedoria de preto-velho*

*Pai João*

*Negro*

*Magos negros*

PELO ESPÍRITO TERESA DE CALCUTÁ

*A força eterna do amor*

*Pelas ruas de Calcutá*

PELO ESPÍRITO JOSEPH GLEBER

*Medicina da alma*

*Além da matéria*

*Consciência: em mediunidade, você precisa saber o que está fazendo*

PELO ESPÍRITO ALEX ZARTHÚ

*Gestação da Terra*

*Serenidade: uma terapia para a alma*

*Superando os desafios íntimos*

*Quietude*

PELO ESPÍRITO ESTÊVÃO

*Apocalipse: uma interpretação espírita das profecias*

*Mulheres do Evangelho*

PELO ESPÍRITO EVERILDA BATISTA

*Sob a luz do luar*

*Os dois lados do espelho*

ORIENTADO PELOS ESPÍRITOS

JOSEPH GLEBER, ANDRÉ LUIZ E JOSÉ GROSSO

*Energia: novas dimensões da bioenergética humana*

COM LEONARDO MÖLLER

*Os espíritos em minha vida: memórias*

PREFACIANDO

MARCOS LEÃO PELO ESPÍRITO CALUNGA

*Você com você*